红色经典 阅读书系

洪泽湖的故事——雄鹰

HONGZEHU DE GUSHI XIONGYING

江培英 ◎ 主编
陈登科 ◎ 著

吉林出版集团股份有限公司
全国百佳图书出版单位

图书在版编目（CIP）数据

洪泽湖的故事——雄鹰 / 陈登科著. -- 长春：吉林出版集团股份有限公司，2022.8（2023.8重印）
（红色经典阅读书系 / 江培英主编）
ISBN 978-7-5731-1903-2

Ⅰ.①洪… Ⅱ.①陈… Ⅲ.①长篇小说—中国—当代 Ⅳ.①I247.5

中国版本图书馆CIP数据核字（2022）第158367号

洪泽湖的故事——雄鹰
HONGZEHU DE GUSHI——XIONGYING

丛书主编：江培英
著　　者：陈登科
策划编辑：矫黎晗
责任编辑：田　璐　郭玉婷
封面设计：余　微
出　　版：吉林出版集团股份有限公司
发　　行：吉林出版集团青少年书刊发行有限公司
电　　话：0431-81629808
印　　刷：唐山玺鸣印务有限公司
开　　本：710mm×1000mm　　1/16
字　　数：163千字
印　　张：11
版　　次：2022年8月第1版
印　　次：2023年8月第2次印刷
书　　号：ISBN 978-7-5731-1903-2
定　　价：56.80元

如发现印装质量问题，影响阅读，请与印刷厂联系调换。022-69381989

出版说明

近代的中国，是苦难的中国。鸦片战争的一声炮响，改变了古老中国的历史命运，西方列强的坚船利炮把中国推向灾难的深渊。但坚强的中国人民从未放弃，先贤们上下求索、不懈斗争，抛头颅、洒热血，终于为我们赢来了今天的美好生活。

历史不该被忘记，更不能忘记。本套"红色经典阅读书系"生动具体地展现了烽火年代里中华儿女美好的信念、理想和他们不屈不挠的斗争。《小砍刀的故事》里，人称"小砍刀"的习武少年，在抗日战争年代里协助八路军伏击鬼子的汽船，与汉奸、伪军斗智斗勇，从幼稚走向成熟；《闪闪的红星》里，潘冬子与地主恶霸胡汉三斗智斗勇，逐渐从一个懵懂的少年成长为一个真正的红军战士；《小游击队员》《两个小八路》《雷锋日记》《赤色小子》《微山湖上》……一本本红色经典文学作品，带给孩子的不仅是一个个吸引人的故事，而且为孩子打开了一扇扇了解近现代中国历史的窗户。

但是，只铭记历史并不够，我们还要把先辈们的精神传承下去。为了使读者更好地理解原著传达的精神，我们对疑难字进行了注音，对难以理解的方言进行了注释。本丛书收录作品中，无论是小红军、小八路，还是老战士、大英雄，在艰苦的岁月里，他们始终顽强刻苦地求生存，不屈不挠地做斗争，可以说，每一部作品里的主人公形象都闪烁着人性的光辉，洋溢着理想信念的色彩。看过这些故事，读者朋友更能深切地理解今天的幸福生活是多么来之不易。

孩子是祖国的未来，让他们接受红色教育、传承红色基因，以优秀的革命传统助其打好人生底色尤为重要。我们希望"红色经典阅读书系"能让孩子透过文字走进那段峥嵘岁月，能从文学作品中体悟革命先辈们的崇高理想以及为理想而坚持奋斗的不屈精神，能让处于"拔节孕穗期"的青少年感知和认同红色文化，并在红色精神的引领和感召下，自觉传承红色基因，树立红色理想，从红色经典作品中汲取真理的力量、信仰的力量，以实际行动把革命先烈流血牺牲打下的江山守护好、建设好！

1

在苏北淮安、阜宁、盐城三县交界的地方,有个水荡,它的周围至少有好几十里。

这个水荡的名称很多:有人叫它大众湖,有人叫它射阳湖,也有人叫它马家荡,还有人叫它六草荡。这许多名称,都是聚居在它周围的人们,根据各自占有的面积大小和地形的特点而取的。相沿成习,虽然它没有一个统一的名称,人们只要提到其中一个,也就知道是指的这个水荡了。

在水荡边上,有个郁郁葱葱的村庄,名叫丁家坝。

丁家坝有个二十上下的小伙子,名叫丁根柱。

根柱十一岁就死了父亲。

他的父亲,名叫丁少华,在这个水荡里,给地主恶霸砍了一辈子芦苇柴草,没有给他留下寸土片瓦,只留下了一只破船。他父亲在临终时,指着前边的大片水荡,对儿子说:这个水荡里,虽然有着三大财宝:芦苇柴草、鱼虾螃蟹、莲子藕,水荡周围几十万穷苦人,都靠着这些东西维持生活,可是这些财宝,没有一样是他们自己的,谁要下荡砍柴捕鱼,摸虾掏藕,都要向地主老财缴粮纳税。为了逼粮逼税,多少人家被弄得倾家荡产,妻离子散。什么时候,这个水荡才能真正成为人民自己的地方啊!

根柱从十一岁起,便接替了父亲的担子,撑起破船,载着双眼失明的母亲,夏天,下荡捞鱼摸虾;冬天,在荡里砍柴挖藕。寒来暑往,冬去春来,苦度了八年。生活教育他,越来越理解了父亲临终时那番话的深意。

到了1939年初春,根柱十九岁了。他不仅已长大成人,而且有了父亲当年的本领。他往船头上一站,就是你把绣花针扔到水里,他一个余子下去，便将针从淤泥里摸上来。

根柱的长相，方脸大耳，虎背熊腰，很像他父亲。他的脾性与他父亲也非常相似。常年爱穿一身黑色的短装，绑着一副蓝色的绑带，绑带上插一把七寸长的小刀。若遇不平，小刀一拔，就和人打架。因此，庄上的小伙子们，个个都很敬佩他，攀他做朋友。也正因为有一班小伙子拥护他，他在庄上，便常常和地主恶霸家的少爷公子发生冲突，成为生死对头。

根柱不仅生得英俊，而且非常聪明。不管什么，他一看就会。他没有上过学，小词书拿上手就能唱；没有学过音乐，他的胡琴拉得相当出色。不问春夏秋冬，他的草棚里，一到晚上，人总是挤得满满腾腾。

这种热闹情景，在他结婚那几天，变得更加热火。

新媳妇上门，已过三朝，可是小伙子们，闹新房的余兴还未尽。

根柱的母亲，自从丈夫死后，便双眼失明，可是在整个庄上，仍是打蒲草鞋的能手。吃过晚饭，把碗一丢，便坐到锅房口去搓蒲绳。一群姑娘和小伙子们，紧紧围着根柱，不住地吵吵嚷嚷："根柱哥，把胡琴拿过来拉一段。"

"喂，喂！我有个提议，根柱哥拉胡琴，新娘子唱个小开口……"

"不，不，叫小两口对唱'小放牛'。"

根柱的新媳妇，名叫玉莲，正在锅台后洗碗筷，一听有人提议要她唱唱，把头一低，从人群背后，便往房里溜。刚刚跑到房门口，被个大姑娘迎头拦住，双手如同铁钳一般，紧紧抓住她道："哎！新嫂子，你不用跑嘛。"

小伙子们一窝蜂似的拥上去，推推拉拉，将玉莲推到根柱身旁，吵吵地叫着："三朝未过，就想溜了。"

"不准跑，不准跑。往跟前靠靠，靠得紧些。"

这个推，那个拉，几乎把新娘子给抬了起来。

根柱站起身，主动为玉莲出来解围道："好好，谁把胡琴拿出来，我来拉。"

"对哟，这才像个话。小两口子，一唱一拉，正好对上劲……"

屋子里正在热气腾腾地闹新房，突然从门外走进一个陌生人。那人一进门，也随声附和道："我也赞成，叫新娘子唱一个最时兴的小调。"

人们的目光，跟着这新鲜的声音，转向这个陌生人。

这个人，年纪大约二十五六，长方脸，大高个子，身穿长袍，头戴礼帽。他看见大家都惊奇地望着他，就神态自若地向全屋子人的脸上扫视一下，风趣地问道："怎么，不认识了吗？"

根柱的母亲，正在锅房口搓绳，猛听到这个来人的声音，愣了一下。将手里的蒲绳停住，竖起耳朵，静静谛听。房子里一阵静寂，她就插嘴问道："这声音好熟。你是谁呀？"

这个陌生人，走到她腿前，蹲下身，双手扶着她的膝盖，道："你再仔细听听，我是谁？"

双眼失明的老人，突然摊开双手，把这个陌生人拢到怀里，在他的背上，脑后，耳朵，脸上，挨排摸了又摸，惊叫道："小乐子，是你，我的乖乖，我的心肝，你真的回来了。"

"姑姑，是我啊！我回来了。"

老人又将这个陌生人，往怀中搂搂，说道："我的乖，我的心。你把姑妈的眼都望穿了，心也熬干了。到底把你盼回来了。"

"姑妈，你还能看见我吗？"

"看见，看见，姑妈一听到你的声音，心里就发亮了。"老人说着，两只眼中，霎时涌出两串银珠，一粒一粒落到这个陌生人的脸上。

陌生人忙掏出手帕，在根柱娘的老脸上擦擦，低声唤道："姑妈，你……"

老人理起衣襟，拭拭脸上的泪痕，笑道："我是怎么啦！嗨，这不是双喜的日子么？柱子娶了媳妇，你又回家了，这该多高兴啊！柱子，还不来见哥哥。"

根柱跑上去，两只大手紧紧抱住这个陌生人，大声叫道："哥哥，真是你回来了。"

屋里的人，个个都惊讶地围拢上去。

这个人名叫于乐群，是根柱娘的娘家侄儿。乐群三岁，父母双亡，由姑母领来丁家坝，抚养成人，因此，根柱叫他哥哥。村里的年轻人，很多都是他的好朋友。

于乐群站起身，望了望那些伙伴，又狠狠地在根柱的背上拍了一巴掌，笑道:"还哥哥哥哥呢?娶了新媳妇,也不请我吃杯喜酒!亲自跑上门来,你还不睬人哩。"

根柱也笑道:"你看看,几年不见,你穿得这么阔气,谁还敢认你?我还以为是城里哪个洋行的小老板哩!"

另一个小伙子挤了上来,推开根柱,双手将腰一卡,直挺挺地站到于乐群面前,愣头愣脑地问道:"你看看,我是谁?"

于乐群拉过这个小伙子,道:"你啊,嗨,是那个放小鸭子的大成子。是不是?"

又一个小伙子调皮地指指自己的鼻子道:"再看看我,我是谁?"

于乐群在小伙子身上,上下打量了一番,道:"嘿!你!是那个淘气鬼,专门爬树、掏雀窝的二锁子。对了吧?"

一个胖胖的大姑娘,把胸膛一挺,走到于乐群面前,笑嘻嘻地问道:"还有我呢,你认识是谁?"

于乐群瞪着眼，端详这个姑娘，搔搔头，想了想道："你，是前边大叔家的小四子……"

姑妈插嘴道："这你就记错了，她是邓三家的招弟！"

于乐群把大腿一拍，恍然道："想起来了，想起来了。冬天赤脚往雪地里跑，夏天跳水摸鱼虾，长年到头，鼻沟里拖出两条蚯蚓，有筷子长……"

招弟一羞，躲到老人背后，做个手势，嚷道："哟！瞎说八道，都是你胡编的。谁像你说的那个样子！"

老人笑了一会儿，又伸过手来，拉住乐群道："乖乖，你告诉姑姑，这些年来，在外边，跑了哪些地方，连个信也不给家里，可把姑妈想死了。"

于乐群扶着老人的肩背，亲切地回道："跑的地方可不少呵！南京、上海、无锡、苏州，都走遍了。"

老人道："跑了这么多的地方，还是……嗨，告诉姑妈，这些年来，你在外边，做了些什么？"

于乐群唯恐又引起姑妈的不快，便学着小时调皮的劲儿，抱着姑妈的脖颈，对着姑妈的耳朵，轻轻地说道："我哟，我干的事可多啦，说三天也说不完，等以后慢慢再告诉你，反正我一出门，骑的是洋车子。"

老人笑道："听人说，如今在外做事的人，不兴坐轿子，都坐洋车子，那也好嘛，告诉姑妈，娶了老婆吗？"

于乐群把手一比道："我那个洋车子，是三个轮子，前边一个，后边两个，只能拖人。人说：拖穷拖穷，越拖越穷。因此，混到如今，连个老婆也没混上。"

老人举起手，亲切地在于乐群脸上指指道："你这个嘴，还是和小时候一样，半点也没有变。"

根柱关心地问道："听说上海如今被东洋鬼子占去了，你还能在那里蹬洋车子？"

于乐群道："就因为日本鬼子侵占了上海，奸淫烧杀，胡作非为，搞得人活不下去，我才回到老家来的。"

二锁子天真地问道："蒋介石手下的兵马，为什么不揍小日本鬼子？"

于乐群道："嗨！蒋介石空养百万兵，只会欺侮老百姓，哪能抗日呢？自从七七卢沟桥事变以来,蒋介石的兵马,不堪一击,丢城失地,节节败退,南京、武汉也被他丢了。"

老人又插嘴道:"听人说,日本鬼子的大炮,挑着笆箩,在炮筒里,直起腰来能走人。从吴淞口就能打到上海滩。还有,什么……噢!什么飞艇,能在云彩里走,又能在水肚里行,掉下一个铁蛋,能炸去一个墩子。还有,什么水机关,一打就是几十响,我们中国的枪炮,打不过人家呵。"

于乐群道:"不是中国人打不过日本人,也不是日本人的武器比我们强,是蒋介石害上了恐日病,亡国奴的思想在作怪,不敢打。"

老人长叹一声:"唉!你回来也好。如今外边,兵荒马乱,炮火连天,也叫姑妈一条肠子两头挂,为你焦心呵!"

于乐群道:"姑妈,你要操心思,不要光操心侄儿,还要多替大伙儿想想。你想嘛,我们中国,若要亡给日本人,全中国的人,都得做亡国奴。"

老人叹口气道:"中国这么大,难不成就出不了一个能人?唉!"

于乐群道:"姑妈,中国不是没有能人。能人多得很。你听说过,有个陕甘宁,陕甘宁有个……"乐群说到这里,又担心引起姑妈的往事,忙把舌尖一转,"嘿,反正不能做亡国奴,一做亡国奴,谁也活不下去。"

老人长叹一声:"唉,庄上的人,一提起小日本,人人都发愁,担心往后日子怎么过。唉!愁也没有用,只有盼望,赶快出个能人就好了。"

于乐群道:"姑妈,也莫怪大家发愁,那个亡国奴的罪,确实是不好受呵!国一亡,家也破了,我们这些人,统统都得做日本人的牛马,任凭日本人去宰杀。"

大成子忍不住问道:"照你这么说,这就没救了,就这么白白亡啦?"

于乐群道:"姑妈刚才不是说,就盼望早日出个能人吗?我今天就是来问问你们,看怎么办?"

根柱脱口而出:"怎么办,他要我的肝花,我就要他的五脏,和他干。"

于乐群道:"对,伙伴们,日本鬼子已经打到我们的门上了,我们要拿起刀枪,打它个龟孙。"

二锁子道:"你刚才不是讲,蒋介石不打日本鬼子,谁来领头呢?"

于乐群霍地站了起来,大声说道:"蒋介石不抗日,我们就找共产党!由共产党来领导我们抗日！"他到底还是把心里话说出来了。

老人一听说"共产党"三个字，霎时又涌出热泪。忙理起衣襟，拭拭双眼，把话岔开道："柱子，你光顾在这里说话，也不叫玉莲去烧锅，哥哥还没吃饭。快，不用在这里说了，叫玉莲去淘米，你哥哥喜欢吃糯米，烧大鱼。嗯，杀只鸭子，肉，酒，不是都有现成的……"

于乐群扭回身，一见姑妈的脸色，知道刚才太不能控制自己了，特别在这时，谈起共产党，引起往事，也就随机应变，把话一转道："酒，今天一定是要喝的。可是，我有个意见。"

老人道："你不是要吃红蛋吗？根柱，你把家里的花生、白果、栗子和大枣统统拿出来。"

于乐群道："我不是要吃，是要看新娘子。"

老人笑道："嗨嗨，你也没大没小了。一个大表哥，进门来，就找弟媳妇看，也不怕别人说你不稳重。"

于乐群道："过了三朝，才分大小。今天我要看看，明天就把眼蒙起来哟。"

招弟早拖过玉莲，朝于乐群面前推推，说道："嗳！你看吧，横高竖大，不疤不麻。"

二锁子补上一句道："就是脚大些。"

于乐群道："我要新娘子先告诉我，她是哪个庄上的人，姓甚名谁。"

玉莲用眼梢，偷偷看了看于乐群，把头低下去。

二锁子突然叫道："咦！二斤小鱼，用不着瞄啦！"

玉莲霎时满脸通红，暗暗骂了二锁子一句道："死鬼。怎不快死的。"就往招弟背后躲。

招弟挺身而出，替玉莲答道："不用躲嘛。涧河口人，姓徐，小名玉莲。有什么不好回答的。"

于乐群道："家住涧河口，不是摸虾，就是掏藕。一定也是捞鱼摸虾的能手了。"

大成子抢着说道："嗨，不是能手，还能嫁到我们丁家坝来。别人家的新娘子，三朝回娘家去，她呀！今天一早起来，拿起竹篙，撑起破船，就下荡去挖藕了。"

于乐群道："嘿！这么说，柱子的眼力还不错呵！"

二锁子马上编起顺口溜，像江河流水似的说道："吔，你听吧！小两口子真能干，三日未过把荡下。一个撑着破木船，一个动手把网撒。早上空船去下荡，晚上满船是鱼虾。庄上人人都来夸，柱子讨了个好当家。瞎妈妈喜掉了大门牙，明年准抱个胖娃娃……"

玉莲臊得满面通红，猛一下推开招弟，钻出人群，回房去了。

大成子高叫道："抓住，抓住……"

屋子里又吵吵叫叫地轰动起来。正在这时，忽听门口一阵粗野的喊声："喂，干吗，干吗？抓什么？"又是一个陌生人，气势汹汹地闯进门来。

于乐群站在人群后面，眼睛很快，第一个看到这个来人。他把手在根柱背上抵了一下，低声说道："丘八子，丘八子。"

根柱一听说"丘八子"，以为又是来抓于乐群的，忙上前一步，遮住于乐群，大声说道："我们家做喜事，这些人都是来的客人。"

这个丘八子，军帽歪扣在后脑勺上，叼着烟卷，军衣上边几个纽扣解开，半敞着胸，背着盒子枪，斜起眼，在屋里扫视一下，转身捏亮手中电筒，照照门上的红纸对联，喃喃自语道："哼，哼，巧得很，刚娶的媳妇。"抬起脚，直向房里冲去。

招弟眼尖手快，紧迈一步，横过身，拦住房门道："你这个人，怎么随随便便，往人家新房里跑。"

这个狗家伙，把眼一瞪，哼道："嘿，嘿，新房，我们的宋太太，要在这新房里住一宿。"

招弟道："人家结婚，刚刚三朝，管你什么太太。不成，你到别人家去住。"

"嘿！正因为是新房，才找到他家的。告诉你，不成也得成，快走开。"这个狗东西，嘴说之间，就上来动手动脚，硬拉招弟走开。

于乐群推开根柱，上前拦阻道："喂，喂，你姓啥？"

这个不识好歹的狗东西，退后一步，冷眼看看于乐群，指着自己的鼻子道："你问我的姓，嘿，老子姓吴，大号小溜，谁不知道。"

于乐群问道："你们是哪一部分？"

吴小溜道："嗨，嗨，你还要来盘查怎的。老实告诉你，是宋营的兵，知道了吧！"

于乐群道："宋家的兵，也应该讲理，人家这是新房。"

吴小溜子冷冷一笑："嗨嗨，嗨嗨，讲理，日本人，占领上海，打到南京，谁和它去讲理的。告诉你，如今，省城，县城，都丢了，还有啥的理好讲的，呔……"

根柱冲上去，质问道："为什么丢了？你们的枪是烧火棍？还是芦柴秆子？拿在手里为什么不打？"

吴小溜子，把嘴上的烟尾，"喷"地一口吐掉，呲起金牙齿，皱皱鼻子道："嚅，口气倒不小！说得怪轻巧！打？你知道不知道，日本人的大炮，一炮能打三十里，怎么打？……"

根柱又问道："你们没有枪、没有炮？为什么没见敌人就撒腿逃跑？"

吴小溜子睁圆一双狗眼，吼道："不跑怎么办？拿脑袋顶炮弹去？人家天上的飞机，你还没见到影子，炸弹就掉到你头上了。谁敢不跑！"

于乐群责问道："你是不是中国人？这是投降主义者的论调，是失败主义者的论调，你知道吗？"

吴小溜子突起眼珠，看看于乐群，忽然怪叫道："你，你，你张嘴这个主义，闭口那个主义，我看你准是个'共'字号的人吧……"

根柱挡住于乐群道："他是我的哥哥，你认错人了。"

于乐群拉开根柱，挺身而出道："自己不抗日，还不许别人抗日，谁要抗日，就给谁加上罪名，这是什么字号的人？告诉你，这是投降派！他们要不抗日，老百姓是不答应的。"

吴小溜子不耐烦听下去了，把手一挥，道："呸！谁有闲工夫听你的废话。老子打不打日本人，你管得了？少管闲事！往后站站。"

于乐群道："这不是闲事，这是国家大事。你们吃的是老百姓的，穿的是老百姓的，用的花的，玩的乐的全都是老百姓的。老百姓有权利来问你们，为什么没见到日本人，就往后跑？"

吴小溜子恼羞成怒，拔出盒子枪，直对于乐群道："我看准了，你一定是共……"

根柱把于乐群猛往后一拖，挺胸上前，挡住吴小溜子的枪口，厉声说道："你不敢打日本鬼子，别来欺负老百姓！"

大成子也挤上前道："你凶，你凶个啥！有本事，到小日本鬼子面前去使，不要在老百姓面前摆这一套，离开了老百姓，喝水都是凉的。"

二锁子跟着帮腔道："叫你打鬼子没本事，到了老百姓面前，威风得很！去你的吧，日本鬼子来了……"

这里正在闹得难解难分时，一个中央军的军官，扶着个涂脂抹粉的女人，走进门来，对着吴小溜子，劈头大骂道："叫你找房子，你在这里干啥勾当。"

吴小溜子正当被众人问得哑口无言、没话答对的时候，一见他的上司来了，啪，一个立正，举手报告道："报告长官，这里有个新房，刚刚结婚三天……"

那个女人，年纪也不过二十出头，身穿一件紫红色的旗袍，半高跟皮鞋，披头散发，娇娇地叫道："快找个凳子，我要坐坐。唉！可把我累坏了。"

军官吼叫道："勤务兵，快，把太太的水瓶拿来。"

吴小溜子响亮地答道："有！是！"连滚带爬，跑出门，去提热水瓶。军官带着太太，迈进新房里去。

这个军官，姓宋，名昶。他的家道原来并不富裕。因为宋家与涟水县佃湖顾家有点亲戚，他小时念过五六年私塾，就借着顾祝同的势力，进了军官学校。他在县里的保安队当过中队长，在国民党正规军里任过连长。自从卢沟桥事变之后，他便自己拉起队伍，独立门户，自称司令。

他的队伍，番号颇多。今日可以扛着保安旅的招牌，明天又可打着第三路的旗号，弄得老百姓，谁也不知道，他是哪一路的牌号，只称他宋营。

宋营的兵不属正规军编制，一切薪饷，都在本地区自筹。所谓自筹，也不外乎这三方面：一是抢，二是收税，三是借。宋营的兵打家劫舍公开干。根据需要，人人可以自立税章。他手中有几百条枪杆，地主恶霸也得孝敬他三分。

因此，在这一带，群众之间，若遇吵嘴打架，赌咒发誓，都以宋营兵来作比喻：谁要不凭良心，就叫他遇到宋营的兵。群众也不叫他宋昶，都叫他宋日土。意思是说，送人入土。

宋日土大小老婆本来已有三个，前不久又娶了第四个。这个女人，年龄与他相差有二十岁，为着撒娇，不管到什么地方，都要住人家新房。理由是：她与宋日土结婚，刚刚十三天就跑反了，他们还没有"满月"，一定要住新房，补足她的遗憾。久而久之，占据旁人的新房，也就成了习惯。

吴小溜子提来热水瓶，宋日土小心翼翼地倒了一杯开水，恭恭敬敬地双手捧给他的四太太。

这位四太太，接过茶杯，喝了两口白开水，叹息一声，把茶杯交给宋日土，站起身，在屋里四面看看，惊讶地说道："这么个草棚子，地上也没有地板，怎么能住？勤务兵，赶快再去重找！"

吴小溜子立正报告道："报告太太，全庄都找遍了，就这一家新房。"

"我就不信，这么大个庄子，还能没有第二家娶媳妇？到各家房里去看看。"

宋日土在旁劝道："我的好太太，今天晚上，将就一点吧，这是大敌当前，国难当头……"

这里房里正讲着话，突然大街上传来一个女人的呼救声："救命啦，救命啦，抢人啦！"

外间的青年人，不由得一阵骚动。

招弟惊讶地叫道："是我娘在叫，我去看看。"说罢，奔出门去。

二锁子愤愤地说道："抢，他们还在抢。这是什么世界？"

说完，也跟在后面跑出去。

大成子向根柱说道："根柱哥，快去看看。"

根柱跟在大成子后边，刚刚跑出门，于乐群在背后拉住他，轻轻地问道："你的小船在吗？我要过荡去。"

根柱一愣，说道："你刚回到家里，一口水还没喝，怎么能让你走呢？妈妈才不会答允呢？"

于乐群道："不要紧，姑妈会理解的。"

根柱想了想，说道："好！你等等，我送你走。"

两个人出了门，刚要前走，忽听一个妇女吵吵嚷嚷地赶了过来，向另一个人喊着："你把我的鸡子丢下！"

另一个人的声音，"嘿！你还没听说过，机枪一响，就像关饷，大炮一响，黄金万两。宋营的兵，没有一个不抢。"

女人说："我去找你们长官。咸鱼提走了，腊肉也提去，又来捉鸭子，捉鸡子，这还有老百姓过的日子……"

"去你的，滚开！"

"你还打人，你打……"两个人厮打起来。

根柱拿着木桨，站在黑地里，只觉得头皮发紧。本想走过去，狠狠揍那个家伙一顿，又想想于乐群正要过荡，不要误了大事。他咬咬牙，向乐群道："你听听这声音，是什么中央军，是遭殃军呵！"

于乐群道："这只是开始，他们的大抢，还在后头。"

根柱跺跺脚，哼了一声："嘿！回头收拾他们！"气冲冲地朝前走了。

2

明镜般的月光，突然蒙上一层薄薄的乌云，整个湖荡里，笼罩着昏沉沉的暗影。

河港里，一只小小的木船，好似被风吹的一般，随着水面上的波纹，轻轻地漂出河港。上面并没有人。

小船离开荡边了，突然从水肚里冒出个人来，扒着船帮，跃身坐上船头，伸手又从水里拉上第二个人来。

这两个人，正是于乐群和根柱。

根柱拉上于乐群，低声说道："你到后边去掌舵，我在前边划。"

于乐群道:"越快越好。"

根柱道:"你放心,不到天明,就能过荡。"嘴说之间,小船如箭头一般,向那白茫茫的水面飞去。

于乐群一边掌舵,一边将事先准备好的衣包打开,甩一件棉袄给根柱,说道:"嗯!换上。"

根柱放下桨,拾起衣服,边换衣服边说道:"今天晚上,不是你要走,我定要把那个婊子女人,提腿掼出门外去。"

于乐群道:"兄弟,你的冲劲是好。可是你没有想到,如今的天下,还是他们的。"

根柱一怔,说道:"天下,我管它什么天下,房子是我盖的,就是不给这些狗崽子住。"

于乐群道:"你没有想到,他们有枪杆子吗?"

根柱道:"我管它呢。钢刀虽快,不斩无罪之人。它能吃掉我?"

于乐群笑笑,问道:"兄弟,你记得,姑父临死的时候,对你说的话吗?"

根柱道:"他说的那些话有什么用。水荡里有三宝,一宝也不是我根柱的。"

于乐群道:"不!宝贝都是我们的,是水荡周围几十万和我们一样的劳苦大众的。"

根柱第一次听到"劳苦大众"这个词,不由愣住,道:"大众,就是像我这样的人?"

于乐群道:"对!世界是我们劳动者创造的,五湖四海,三山五岳,一切财宝,都应该属于我们劳动人民。"

根柱道:"是我们的?可是这水荡里的芦柴,我砍了十个,只能得到三个,而那些地主老爷,坐在家里,反而分到七个呢!"

于乐群道:"这有啥奇怪的。今天政权是他们的,他就能够剥削我们,压迫我们。我们要想不受他剥削,只有组织起来,抓过枪杆,把他们的封建统治砸碎,夺过江山,由我们穷人来掌印把子。"

根柱天真地指指自己的鼻尖,问道:"天下是我们的,草荡里这些柴草都归我们?"

于乐群道:"你知道姑父是为什么死的吗?"

根柱道:"只是听人讲,是去攻打孙万山家,被孙家那些狗崽子打伤了,抬回来死的。"

于乐群道:"姑妈没告诉你,她的眼睛是怎么瞎的吗?"

根柱道:"还不是为了爸爸的事情被捉去蹲监牢,熬瞎的。"

于乐群沉思了好久,轻轻叹息一声,道:"柱子,你已是十九岁的人了,应该知道,姑父到底是为什么死的。"

根柱道:"我只记得,他为了全家人吃得饱,出去抢粮,死在这个草荡里……"

于乐群摇摇头道:"不,你没弄清楚。姑父和我们一样,从小给地主做牛做马,受人压迫,受人剥削。在八年前,他为着我们穷人谋解放,参加了共产党……"

根柱惊讶道:"爸爸是共产党?"

于乐群点点头道:"是的。在八年前,也就是1931年,为着配合通如暴动,这个草荡里,组织起共产党的武装,领导农民,攻打孙万山的圩子。孙万山是我们荡边上最大的地主,也是一个最大的土豪。姑父也就是在那一次暴动中,负了重伤,回到草荡里死的。"

根柱道:"妈妈也参加了?"

于乐群道:"姑妈不知道,她是事后被孙万山抓去,送进城,关在牢里。那些毒蛇,为着要她说出姑父的下落,把石灰粉撒在她的眼里。"

根柱把桨一掼,在船上站起来,咬咬牙道:"我早知是这么一回事,不杀他个鸡犬不留,就不是姓丁的后代。"

于乐群道:"今天,不是杀一个孙万山的问题。"

根柱道:"我要杀他的全家。"

于乐群道:"单凭一个根柱,也杀不了孙万山。"

根柱道:"我要在草荡里,放起一把火,烧他个狗崽子,狗杂种。"

于乐群静默了一阵,又问道:"你还记得,姑父临死之前讲的话吗?在这个草荡周围,不是你一个丁根柱,有几十万和我们一样的穷苦人,死在地主恶霸手里的人,也不是一个姑父,有数不清的穷人。要为姑父报仇,只有把草荡周围所有的穷人,团结起来,组织起来。"

根柱没有正面回答,反而追问道:"你告诉我,你这次回来,为什么到家就要走,难不成你就不想为爸爸报仇?"

于乐群是丁少华介绍入党的,也是那次农民暴动的参加者。暴动失败后,由党组织设法转移到江南,后来又到了上海,改名换姓,做地下工作。这次,他回到家乡,并不是为了探亲,而是为着组织武装,建立抗日革命根据地,哪知他刚回到家,正遇上两淮失守,国民党的大批军队,退到荡边来。因此,他必须连夜过荡,请示上级党,在新的情况下,如何开展工作。但是,他又不能把心里话,如实地告诉根柱,忙又把话岔开道:"姑父的仇,当然要报。可是今天,日寇的铁蹄,已经踏上这个水荡。姑父的坟茔,我们的家乡,祖国的土地,眼看都要不保。我们要是失去了祖国,成了亡国奴,哪里还谈得上报仇呢?"

根柱道:"照你看,我们该怎么办?"

于乐群道:"我们要团结一切力量,起来抗日。"

根柱道:"三十三师那种德性,还能抗日?宋营这些兵,就更不用提了,你今天晚上还没看到,能抗什么日呢?东洋鬼子还没见到影子,就溜到荡边上来了。"

于乐群道:"三十三师和宋营都是蒋介石的军队,和孙万山是一帮人。抗日打鬼子,只有依靠我们人民,由人民拿起枪杆,打倒日本帝国主义。"

根柱道:"这些话,都是嘴衔干面,白说。我们这些人,一不会造枪造炮,二没有钱去买枪买炮,总不能凭着两个拳头,去和日本鬼子打仗吧!"

于乐群道:"我们要革命,打天下,要抗日,打东洋鬼子,就要自己来想办法。"

根柱道:"你说我们自己来造枪造炮?"

于乐群道:"你要记住,姑父当年参加农民起义时,手中只拿一把鱼叉,就冲进了孙万山的圩子。"

根柱道:"你是……"

于乐群知道根柱要问他什么,忙又拿话搪塞道:"我从十二岁,就跟着姑父,帮地主家放牛,耕田种地。我会的都是跟着姑父学的……"

两个人,边谈着心,边划着船,不知不觉,已过了草荡。根柱朝前边望望,对于乐群道:"到了。"

于乐群站起身,看看岸边的村庄,道:"你回去告诉姑妈,今后我会常去看她的。"

根柱想了想突然问道:"你和爸爸在一起干过,你看像我这样的人,能……"

于乐群忙接声道:"我们现在要抗日。凡是能拿动刀枪的人,都应该拿起刀枪,一起去打鬼子。"

根柱忙插嘴道:"我不是说这个,我是问你,像我……"

于乐群也许看出了根柱要讲什么,而他目前还不便回答他,忙又说道:"你是我的好兄弟,我不会忘了你。现在我得马上就走。这几天你如果有事找我,可以到大崔家,找一个王铁匠,他会告诉你,我在什么地方。"

根柱见于乐群一直把他的话岔开,知道于乐群是有意要回避他。他愣愣地看了于乐群两眼,低声说了句:"你走吧!"拨开船头,闷声不响地划着木桨,轻轻地走了。

3

丁家坝失去了往日的平静,满街上人喊马嘶,闹腾了一夜。

玉莲的新房,被宋日土的四姨太太占去,她只好和婆婆团到锅房口去住。

这个官太太,是个极不安静的货色。一会儿要洗脚水,一会儿又要喝茶,喝了茶又要吃夜宵。吃了藕粉,还要煨莲子汤。爬上翻下,锅前锅后,又烧又煮,直弄得根柱母亲一夜没有合眼。

熬过纷乱的一夜,天亮了。

这是初春时节,天气也是半阴不阳的。太阳刚刚露出个头,就被乌云盖住。

阴风飕飕。全庄百十户人家,被搅扰得哭哭喊喊,吵吵闹闹,乱七八糟,一塌糊涂。

根柱的母亲,抱着一捆木棍,静静地听着外边一切。凭她的听觉,知道天已经亮了。她轻轻地问道:"玉莲,天又变了吗?"

玉莲躲在婆婆背后,整整抖了一夜。听婆婆问她,才敢抬起头,向外看看,回道:"天是阴。"老人长叹一声:"唉!这是什么世道啊?鸡犬不宁,神鬼不安。"

玉莲将身子往她背上贴贴,对着她的耳朵道:"房里那个女人,刚刚睡着。"

老人也没有回答玉莲,愣了愣,又长叹一声:"唉!玉莲,你出去看看,柱子和小乐子也不知道哪里去了,昨天晚上出去,到现在也没回来,不会有什么事吧?"

玉莲不声不响,站起身,轻轻走出门去。

老人抱着木棍,坐在锅房口,侧着耳朵,听着玉莲的脚步声,渐渐远去。

不大一会儿工夫，玉莲又转回来，对着她耳朵，轻轻说道："出不了村。到处是丘八子，我不敢乱跑。"

老人沉思了一下，道："你烧点早饭吃吃，到玉田家去看看，他弟兄两个，是不是跑到涧河口去了。"

玉莲走到锅后，洗洗锅，舀上三瓢水，点起火，对婆婆道："妈妈，你烧火，要小心点，火不要弄到外边来，我去淘米了。"

老人道："火还不会烧，你去吧。"

玉莲提着淘米篮，刚刚走到河岸边码头口，一个号兵，拿着洋号，跑到一棵大树底下，挺着肚子，涨红了脸，拼命地吹着："哒哒哒，哒哒哒，嘀……"

正在蒙头大睡的丘八子一听到号声，个个惊跳起来：有的穿衣服，有的去摸枪，慌乱成一团。

突然有人喊起来："飞机！飞机！……"

顿时全庄轰动起来。

那些惊魂落魄的丘八子，有的赤着脚，有的光着脊背，四处奔逃。

玉莲没有见过飞机，也不知道飞机在什么地方。她只看到那些当兵的，不要命地往芦苇荡里跑，就知情况不妙，也赶快掉转身，往家里跑。

宋日土的四姨太太，只穿一身小衣，光着脚丫，披头散发，跑出门，扯起嗓子叫喊："勤务兵，勤务兵……"这时，正好玉莲从她身旁穿过，她便伸手一把紧紧抓住玉莲，狂喊道："快把我的皮箱子，我的衣服……"玉莲甩起膀子，狠狠一挥，将这个官太太甩出两丈多远，掼到一个粪坑旁边去。

玉莲跑进屋子，一见婆婆，还坐在锅房口，抓着柴草，往灶里送，扑上去抱住她，叫道："妈妈，日本鬼子的飞机……"只听"轰！轰！"炸弹接连爆炸了。接着又是轰！轰！轰！……机枪声，炸弹声，连成一片。村庄上空，腾起一片烟雾。

根柱划着小船，刚刚进入荡口，忽然听到头顶上有一种嗡嗡的响声，惊奇地停下桨，仰起脸，朝天上看看，只见从西北方向，飞来三只大老雕似的怪物，在丁家坝上空盘旋。他没有见过飞机，更不知道这就是日本强盗派来屠杀中国人民的空中强盗。他好奇地呆看着。看着，看着，从那三只怪物的两翼下，掉下一个一个黑蛋蛋，只听轰轰几响，冒起阵阵浓烟，霎时火光遍起,整个丁家坝成了红红的火海。

丁家坝,人喊马叫,鸡飞狗跳,火光冲天,哭声震野,机枪炸弹,还是一阵紧似一阵。

根柱一想到母亲和玉莲,也顾不得头上的飞机了,挥舞起双桨,驾着小船,如同急箭,飞进河港,跳上河岸,冲过枪林弹雨,冲进浓烟。

他的三间草棚不见了。

从浓烟里,只听见母亲的低低的叫声:"玉莲,玉莲,你看看根柱。"

玉莲再也没有声音。

根柱在烟雾里,跟着这微弱的声音,摸到母亲身旁,一见母亲半截身埋在土里,扑上去抱住,哇啦一声:"妈妈。"

老人挣扎着,抬起一只手,紧紧地把根柱搂到怀里。只见她嘴唇在颤抖,却听不到她说话的声音。

她搂着根柱,挣扎着,扒开衣服,指指两肋,八年前留下的伤疤,又指指天空,日寇肆虐后,冒起的浓烟,从微微的呼吸中,吐出了几个不相连贯的字:"柱……子……乐……子……记住……孙万山……和鬼子……要……报……仇!……"说完,闭上了双目。

根柱抱住母亲,大声喊着:"妈妈!妈妈!……"再也听不到她的回音了。

4

在这一天之间,沿着荡边,又增添了多少个新坟!谁也没有去数过。可是,日本鬼子欠下中国人民的血债,在人们的心里,一笔一笔,都记得很清。

根柱埋葬了母亲和玉莲。

一个坟上,做两个顶。直立在阳关大道旁边。远远看去,非常显眼。

他将母亲的坟墓,填得高高的,培得大大的,这不是为着尽他的孝心,而是为着告诉来往行人,他的母亲和妻子,是死在日本鬼子的炸弹坑里。是日本侵略者屠杀了他的母亲,是日本强盗杀害了他的妻子,他誓死要为母亲报仇,要为妻子讨还血债。

自从他知道了父亲是为什么死的,母亲的眼睛是怎样瞎的以后,他的心里一刻也不能宁静,他一时一刻也不能等待,连夜磨亮了小刀,决心离开丁家坝,去找到乐群,继承父亲遗志,献身革命。

他把磨亮的七寸长的刀子,插在绑腿带上,以作自卫,肩上扛着一条扁担,当作武器,天还没有大亮,就上路了。

这天早晨,满天迷雾。草叶上,树梢上,都戴上一顶厚厚的白帽子。

他扛着扁担,一路走,一路在想着:日本鬼子侵略中国,占去北平(今北京),又打到上海、南京,眼前连淮阴淮安都成了日本鬼子的天下了。敌人占去我们的两淮,又派出飞机,到处乱轰乱炸,残害百姓。这是为什么?对,这就是乐群讲的,日本强盗,它要侵略我们中国,灭亡我们中国,要我们全中国土地财产归它所有,要我们全中国人民,做亡国奴,任它宰杀。

我们,我们就能这样下去,让东洋鬼子来烧,来杀,来抢,来炸吗?它做梦,中国人民不是好欺负的!

蒋介石又是什么东西?他不打日本鬼子,专杀共产党。

唉!老百姓,缴粮纳税,空养了这些狗东西,他们只会欺负老百姓,只会抢老百姓,只会打家劫舍,只会欺负弱小,枪杆子拿在这些狗东西手里,中国也就要亡在他们手里。

父亲是死在孙万山手里。这些狗东西,不会出来抗日救国的。他们都是一摊子货,只会欺负我们穷人,剥削我们穷人,我要把这群野兽,统统扫光,为我父亲,为我们穷人,申冤出气……

他,从日本鬼子想到中国的命运。又从蒋介石联想到封建恶霸。由他父亲想到他自己。国恨家仇,家仇国恨,纠结在一起,越想心中怒火越烧越旺。

他脚下在走路,嘴里仍在反复地重复于乐群的那几句话,抗日打鬼子,只有依靠我们人民,由人民拿起枪杆,打倒日本帝国主义……走着走着,忽

然传来恶狠狠的吆喝声:"喂!喂!回来,回来。"

他停住脚步,抬头一看,从西沟口走过来三个中央军。他一看到这些狗东西,心里陡然涌起强烈的怒火,不由得暗暗骂道:"你们这些王八羔子,都是装饭的蒲包,穿衣服的架子,拿着枪不打,见日本人便跑,在老百姓面前,反而逞凶作恶,我可不是好欺负的。"

这三个丘八子,前边一个高挑个儿,长脸,金鱼似的凸眼睛,好似一只鹭鸶。他伸长脖子,弓着腰,背着绳,拉着小车。后面一个,矮胖胖的,远看像个汽油桶,近看又像个枯木桩,上下一般粗,哼哧哼哧,推着小土车。第三个人,是个斜眼货,背着长枪,看样子,要比前边两个高上一等,大摇大摆地跟在后边。车上有七支步枪。另外,子弹和手榴弹,杂七杂八,装了一麻袋。那个斜眼的丘八子,连喊几声,见根柱站在路口,一动不动,便从肩上摸过枪,向根柱指指,又喊道:"喂,你耳朵聋吗?快走过来。"

根柱扛着扁担,不声不响地走过去。

这三个家伙,见根柱走过去,便放下车子,掏出烟卷,悠闲地抽起烟来。

根柱这时脑子里,父亲、母亲的影子,都在晃动起来。特别是母亲两肋下那块伤疤,更叫他心里绞痛。他握握肩上的扁担,硬着头皮,迈开步子,一边走着,一边暗暗在念着:"鬼子轰炸我们,难道你们也不让我们活下去吗?"念着念着,已走到这三个家伙身旁,呆愣地站住。

那个斜眼的狗东西,歪着头,吊起眉梢,看看根柱,把手指指道:"扁担放下来,帮老子推车!"

根柱没有理睬,心里的烈火在翻腾,站在那里一动不动。

斜眼的在根柱后面,猛推了一把,又"啪啪"打了他两耳光,骂道:"混蛋,你是聋子?"

根柱被打了个趔趄,脸蛋也在发烧。他把牙一咬,霹雳一声怒吼道:"你敢随便打人!"

斜眼的冷笑一声,从肩上拿下步枪,把枪机"哗啦"一拉,大声喝道:"打你!看老子崩了你!"

根柱忍无可忍,再不动手眼看要吃亏了。他把心一横,牙一咬,在他咬牙之间,已抡起扁担,劈面打下,那个斜眼的东西还没来得及叫喊,便应声而倒,把腿翘翘,见了阎王。另外两个家伙,根本就没有想到,一个普通的农民,敢在他三个丘八面前动武,还悠闲地坐在小土车上抽烟。一见斜眼货倒下,再想起来抵抗,已经来不及了。那个矮木头,比较刁钻些,一见势头不对,拔腿便跑。可是,那个鹭鸶鸟,还不识时务,刚想去摸枪,根柱早赶上去,拦腰一扁担,将这个狗东西打下路旁水沟里去。

这个家伙,霎时变了形,好似一头瘦马,四爪朝天,躺在淤泥里,嗷嗷直叫唤。

根柱不知道他手中的扁担,已断成两截。挥着手中那半截扁担,走过去,大喝一声:"爬上来!"

这个家伙,好似一个枯干了的死马虾,腰弓起来,在淤泥里支了好半天,还未伸直,最后双膝跪在淤泥坑里,苦苦哀求道:"爷爷,饶命啊!我家里,上有七十岁的老母,下有两个无娘的孩子,还有……"

根柱喝道:"跪好,听我问你。"

这个家伙,两手垂直,把头低下,连连答道:"是,是是……"

"你们是哪个队伍?"

"是,是三十三师……"

"你撒谎。"

这个家伙,"啪,啪"边打着自己嘴巴,边骂道:"该死的东西,你撒谎,如若今后再不悔改,定遭天打雷劈!"

"我问你是哪一部分的队伍,照实回答。"

"小的是宋营的。"

"嘿,我一看你这个熊相,就知你是宋营的兵。我问你,你们这些狗东西,为什么不打日本鬼,只会欺负老百姓?"

"我……我……"

"你们这车枪,准备往哪里推?"

"这枪是孙家墩孙大太爷,托宋司令买的。"

"你们这些东西,早就该死了。天天向老百姓催捐逼税,买枪买炮,结果都被你们卖了。"

"小的该死,早就该死。"

"你往后还害不害人了?"

"小的在爷爷面前,对天发誓,若敢再骂老百姓,舌头上长疗,打老百姓,十个指头流脓!"

根柱挥挥手中的半截扁担,喝道:"滚!"

这个狗东西,如遇大赦,惊惊慌慌,抓着草皮,爬上对面的沟岸,摸摸受伤的腰,扭回头看看根柱,咬着牙,忍着疼,磕磕绊绊地跑了。

5

当天下午,宋日土突然开来了三百多人的队伍,将丁家坝周围大小六个村庄,统统包围起来,见到男的便抓,找到女的就打,大抢三天,衣服财物抢光,鸡鸭猪羊吃光,还口口声声,不捉住凶手,不离丁家坝。可是,打死宋营的兵,夺走八支枪的人,究竟是谁,谁也没有想到就是根柱。

根柱在国恨家仇的怒火中,打死了那个残害百姓的兵士以后,将车上的枪支子弹，用三条军毯包扎起来，扛到玉莲坟前，往土里一埋，他立时改变计划，不走旱路，改从水路，划着一只小船，飞过草荡，找于乐群去了。

可是，他没有想到，于乐群向上级党汇报了两淮情况后，又接受了新的任务，已经回到荡西去了。根柱到了荡东，展眼一望，大村小庄，都住满了中央军，到处在抓伕抓丁，鸡飞狗叫，根本上不了岸。

根柱划着小船，在荡东转悠了三天，没有找到于乐群，只好又回到丁家坝来。

劫后的丁家坝，大家小户，在敌人的弹坑上，又搭起新的草棚棚。

深夜，根柱悄悄地摸到一家草棚子门口，扒开篱笆门，钻进草棚，摸到铺边，轻轻地喊道："大成子，大成子。"

一个女孩子的声音，轻轻地问道："哪个，你是哪个！"

根柱一听，不是大成子，是邓三叔家的姑娘招弟的声音，忙答道："是我，我是根柱。"

招弟从被窝里坐起，问道："是根柱哥？"

根柱道："三叔呢？"

招弟道："哎呀，你还不知道吗，豁子撕大啦！"

根柱惊问道："怎么？三叔出事啦？"

招弟道："大前天早上，也不知道什么人，在西沟口，杀死一个宋营的兵，事情就闹大啦，宋日土开来几百人，把前后六个庄子，困得铁桶一般，见人就抓，逮到便吊，家家都遭劫呵！"

根柱道："那些土匪兵，做尽了坏事，被打死一两个，与老百姓有什么相干？"

招弟道："人是在丁家坝被杀死的，他自然要来这几个庄上闹事啊！丁家坝这一次真遭殃啦！"

根柱道："被抓去了多少人？"

招弟道："多少人，谁知道？反正没有跑掉的男子汉，都被抓到孙家墩去了，少说也有上百号人。"

屋内黑沉沉的，根柱看不到招弟的脸色，从她的声音里，也能体会到她这时愤怒的心情。根柱肝火上升，从牙缝里爆发出怒骂声："这些坏蛋！"接着,他又问道:"大成子他们在家吗?"

招弟答道:"青年人,谁还敢归家。大成子和二锁子,跑到荡里,几天没有回来了。"

根柱忙问道:"你知道他们躲在什么地方?我正要找他们。"

招弟跳下铺,摸起鞋子,套上脚,自告奋勇地说道:"要找,我领你去!"

这个芦苇草荡,在岸上看,白茫茫一片,什么也看不清。

到了荡里,沟沟汊汊,曲曲弯弯,道路很多,不熟悉地形的人,摸进芦苇丛里,天大的本事也钻不出来。

根柱和招弟两个人,都是荡里生,荡里长,只要说个方向,便知道在什么地方。

他们要找的大成子和二锁子,从家里跑出来时,只带了几升大米,现在早已吃光了,想回到岸上去,又不知道庄上的底细。两个人正坐在小船头上,大眼瞪着小眼,对着空锅叹气。

这天正是月中,月光格外明亮。荡上一片迷蒙的景色。根柱和招弟,钻出草滩,又进了芦苇棵,顺着一条小小的沟槽,曲曲弯弯,转来绕去,小小的木桨,轻轻地打着水面,"哗,哗",激起微弱的水声,溅起沙沙的水花。

二锁子不但耳灵,眼睛也特别尖。他一听到水声,侧过脸向芦苇棵里一探,便发现了小船,同时也认出根柱和招弟。他从小船上跃身站起,高兴地叫道:"根柱哥,根柱哥!"

根柱划着小船,钻出芦苇,猛叫道:"二锁子。"

一个叫,两个应,两只小木船,在草荡里,飞快地并成一双。

二锁子一见到根柱,就气哼哼地埋怨起来:"这几天你钻到哪里去啦?两三天也见不到你的影子。难道说大妈她们就这么白白地死了,也不去告诉玉田一声。"

根柱道:"我到荡东去了,你上哪里去找呢?"

二锁子道:"你的腿真长,一下就跑到荡东了。庄上出了这么大的事,你也不知道?"

根柱道:"我刚才回到庄上,听招弟讲了。"

二锁子道:"三叔被宋营的兵抓去,现在还不知死活哩,你也忍心不管？"

大成子道："反正染坊里拿不出白布来，抓到魔窟里去，不死也要脱层皮。"

招弟道："今天早上，我娘去找保长了。听说要想保出来，最少也得二十石大米。"

二锁子惊叫道："二十石大米，那还不冲家啦！"

大成子长叹一声，说道："唉！根柱哥，东洋鬼子来炸，中央军又来抢，抓去人，还要花钱赎，这种日子怎么受得了？"

根柱沉思了一下，站起身道："活不成，就豁出去！"

招弟道："逼得人无路可走了，也只有豁出去，总不能坐在家里等死！"

二锁子咬牙切齿地骂道："大前天，老子要是在家，看到中央军拖我的小猪，非揍死他几个不可。"

大成子道："你净是说大话，用小钱。大前天不在家，宋日土也没有死，不是还住在孙家墩，你怎么不去咬他一口。"

二锁子一蹦三尺高，道："你给我一支枪，老子不去放倒他几个，就不是爹妈养的。"

大成子道："得啦！在这里放空炮，谁不会说，靠你一个人，支不了天。"

招弟道："怎是一个人，我们不是已有四个人了。"

大成子道："宋日土是几百人，有长枪，有短枪，有机枪，还有大炮，我们四个空手捏两拳的光杆子，好做什么，还不是拿鸡蛋去碰石头。"

二锁子冲着大成子说道："就是你怕死！"

大成子也火暴暴地跳起来，道："谁怕死，你敢领头，翻江倒海，我跟着你，如说个不字，就是孬种。"

根柱拍拍胸口道："只要你们有胆量，不怕死，敢去打东洋鬼子。要枪，我有！"

大成子吃了一惊，两眼盯着根柱，一动不动地望了好久，半信半疑地问道："你，你有枪？"

根柱镇静地答道："有枪，有子弹，还有手榴弹。"

二锁子嗖地跳过船来，一把抱住根柱，摇着他的膀子，高兴地问道："你真有枪？从哪里弄来的枪？"

根柱道:"是宋日土给我们送来的。送了满满一车子。"

二锁子和大成子,还有招弟,三人同时惊叫起来:"这么说,那个遭殃军,是你打死的?"

根柱点点头,答道:"对,是我!"接着,他又挥着拳头说道:"今天,和你们实说了,上次乐群对我讲过,抗日打鬼子,不能靠中央军,要靠我们自己。那时,我就下定决心,一定拿起枪杆,亲手杀死小日本鬼子。"

二锁子接着应声道:"说得对!我们是中国人,一定要为我们的亲人、我们的同胞报仇!"

根柱道:"兄弟们,明人不做暗事。你们要是不怕死,就跟我走!明打明地干起来!"

二锁子道:"谁怕死?只要你领头,我第一个报名!"

大成子也跟着表示决心道:"根柱哥,只要你站出来,就是下龙潭,入虎穴,我也跟着你。"

招弟接着说道:"要是收女的我也算一个。"

根柱问道:"你有胆量?"

招弟响亮地答道:"有!"

根柱竖起大拇指,称赞道:"好!这才真是我们丁家坝的姑娘!走,拿枪去!"

6

二锁子比根柱小一岁,今年十八,是个急火性子。他随着根柱,到了玉莲坟前,扒开新土,一见一大堆子枪,高兴得连帽子都推到后脑勺上。他从土里拉出了一支枪,背上肩,就催促道:"走,到孙家墩去。"

大成子和二锁子同年，向来是个慢性子，在这堆枪里，挑来选去，拣了一支，捧在手上，左看右摸，还不放心地举到半空，对着月光照照，看看有无毛病，慢吞吞地答道："你不用急嘛，子弹袋还没有拿，就急着走，怎的，拿着空枪去打人？"

　　二锁子不耐烦地伸过手，提起一条沉甸甸的子弹袋，挂到大成子脖颈上，带气地说道："嘿，你真能磨咕，挑来选去，不都是枪，有甚好挑的。快把子弹背上，再拿两个手榴弹，行啦！"

　　招弟从来没见过枪，更没有摸过枪，也不知从哪里拉枪机和装子弹，捧着支枪，发急道："二锁哥！你看，我这支枪，怎么拉不动啊？"

　　二锁子接过枪，替她拉开机球，装进一排子弹，猛将机球往上一推，只听砰一枪，子弹打出去了。

　　根柱伸手夺过枪，瞪起眼道："你怎么放枪！"

　　二锁子道："招弟不会，我是在教她。"

　　根柱道："你把中央军引来咋办呢？"

二锁子道："我捧着豆子找锅炒，它来，不是正好。"

大成子道："我早就说过，和你这样的人在一起，真有点不放心，你这不是在教招弟放枪，是向宋日土报信。"

二锁子道："你吵个啥。天也没有塌下半边。就是要告诉那些狗东西，老子有枪杆子了，他若再敢来往老子头上爬，对他就不客气。"

根柱道："我们刚才是怎么讲的？今天夜里，我们要到孙家墩，把三叔他们救出来。你随便放了这一枪，不是告诉敌人，叫敌人提防我们。"

二锁子也知做得不对了，仍是强笑笑，道："这里离孙家墩，还不知多远，宋日土咋能听到，保险没有事，我们走！"

大成子道："你蹲下，听根柱哥计划好再走。"

根柱沉思了好半天，道："这些枪和子弹，由招弟挑上船，我们三人去救三叔。"

招弟道："我也去！"

根柱道："你撑着小船，绕到戚河口去等我们。"

招弟道："我要去救爸爸，为什么不给人去？"

二锁子拦阻道："就这么定下来了，听根柱哥的。"

大成子道："对哟。我们都得先讲定一条，不管什么事，听根柱哥的。不然，你要往东，他要向西，那怎么行？我们这是去打仗呵！没有个头子还行？"

招弟嘟着嘴，不再说话了。

孙家墩是个大土圩子。八年前，根柱的父亲参加农民暴动，就是在这里负了伤，后来牺牲的。因此，根柱一提起孙万山，便恨得咬牙切齿，巴不得立即捉住孙万山，为父亲报仇雪恨。几个人一商议，便直奔孙家墩来了。当他们刚刚走到孙家墩桥东，就碰上中央军的流动哨，乒乒乓乓，打了起来。

孙万山在做国民党的区长时，家里就养了几十个保家丁，现在，又加上宋日土的土顽，三百多号人，驻在这个圩子里。一听枪响，全部出动，枪声炮声，震动了天地。根柱领着二锁子和大成子，抵挡一阵，看势头不对，将河东岸三个芦柴堆，点起一把火，向圩子里放了一通乱枪，因为力量悬殊太大，只好向戚河渡口撤退。这是夜晚，孙万山的民团也摸不清根柱有多少人，放了一阵空枪，也就龟缩到圩子里去。

这一仗，虽未救出招弟的父亲，但能烧掉孙万山三个大草堆，在二锁子来说，也就是莫大的胜利。出了气，也报了仇。路过丁家坝，便大喊大叫道："有本事的，不怕死的，都扛起枪来，随根柱哥下荡去，抗日打鬼子，我们一定要把东洋鬼子，撵出中国去……"他这一喊一叫，把所有的丁家坝人都从梦中叫醒。

根柱打死中央军，夺了八支枪，夜袭孙家墩，打伤孙万山六个民团，烧毁孙万山三个大柴堆，这个消息像风一样快，在丁家坝传开了。

话传话，越传越大，越大越走了样子，到了最后，就变成于乐群是共产党，埋伏在根柱家八年，被日本鬼子飞机炸毁了房子，才走了出来。丁家坝的青年人，都中了于乐群的魔，加入共产党，下草荡，竖大旗，招兵买马，成立起抗日游击队，攻打孙家墩，杀死八个宋营兵，夺走二十多条枪。孙万山不是宋日土的保护，全家都要被丁根柱杀死，因丁根柱和孙万山有杀父之仇。

这个消息很快传到伪保长的耳朵里，火速报告宋日土。

宋日土也不知丁根柱有多少人马，总之，一提起孙家墩的战斗，也有点胆战心惊，层层上报，调来大队兵马，驻扎在丁家坝，封锁交通要道，下通缉令，出布告，挂赏银，说是有人捉住丁根柱，赏五百块钢洋，一万块钱钞票。这还不算，接着又封了几十只民船，五百名军队夜以继日在荡里清剿围攻。

荡里的芦苇，按照正常年代，每年冬天开始动刀，一直要割到第二年春末，才能割完。这一年初春，由于两淮失守，中央军被挤到荡边，今日抓丁，明日抢劫，又加上日本鬼子的飞机，到处乱轰乱炸，搞得人心惶惶，谁还有心思下荡去割柴呢！因此，虽是枯季，芦苇仍是一眼望不到边。

初春天气，草荡里显得格外寒冷。丁根柱他们四个人已经是第九天没有米粒进肚了。前几天，天气有时阴，有时下着蒙蒙小雨。这一天，五更头，天气突然变坏，乌云重重，小雨蒙蒙，小雨里还夹着雪花。天气又冷，肚子又饿，困难越来越多了。

大成子突然发起高烧，披着军毯，抱着枪，坐在小船头上，下巴颤抖得格格响。根柱和二锁子，在船艄上，赶着编芦柴笆，忙搭草棚，为大成子遮挡雨雪。

招弟出去探消息回来了。划着小船，离得好远，便大声喊道："根柱哥，你看！"边喊边提起一串大鲫鱼，在半空晃晃，又拿起几根老粗老粗的藕，向根柱亮亮。

二锁子一看到鱼和藕，便放下芦柴笆，说道："不用搭这个东西了，烧鱼汤吃。"

根柱道："由招弟去烧吧！咱们赶快搭棚子。大成子病了，不能再让他受淋。"

二锁子道："他的病，我已看过了，不是别的病，是饿病，两碗鲫鱼汤下肚，保险好。"

根柱听二锁子一说，也有道理，他们自从下湖以来，就未见到米粒。准是饿坏了。连忙把编成的芦柴笆，盖到大成子身上，又过来帮招弟杀鱼洗藕。二锁子劈柴。招弟烧锅。

一阵阵的炊烟，从芦苇棵里升起，冲向高高的天空。

鱼汤烧藕段，好香呵！锅盖一揭，连芦苇梢上都喷出香气来。

招弟盛起一碗鲫鱼汤，端到大成子面前，叫道："大成哥，喝汤。"

"轰！"一颗迫击炮弹，在他们背后爆炸了，炸起的水花，沙沙落到根柱的小船上。

"咯咯咯，哒哒哒……"远处的机枪也响了。

紧接着："捉活的，捉活的，丁根柱，缴枪投降……"无数的中央军，像一群饿狼，从四面八方围上来，拼命地嚎叫着。

根柱摸起枪，跳上招弟的小船，机警地听听四面的枪声，把手一指，说道："二锁子，你和大成子，向东南冲出去。"

二锁子问道："你呢？"

根柱道："招弟随我，向北打。在朱家湾碰头。"

大成子突然掀去身上的芦柴笆，抓枪坐起，道："我要跟着你向北打，死也死在一块儿。"

二锁子也赞同道："打！老子拼死他一个不蚀本，拼死他三个，就赚两个！"

根柱果断地命令道:"住口,都听我的。冲过去!"

二锁子立即舞动双桨,拨开小船,向东南突围了。

根柱和招弟,冲向一个沟口,向敌人扔出两个手榴弹,又钻到另一个沟口里去。

根柱乘的这只小木船,是这一带农家在冬天罱江泥、春天运肥、夏天送粮、赶街上集用的小木船。船身只一丈来长,二尺来宽,小巧轻便,进了芦苇棵,小沟小槽,到处能钻。中央军使用的都是封的渔船,又大又笨,一进芦苇棵,便转不开身,寸步难行。但是,他们发现这里冒出炊烟,已紧紧把根柱包围住,所有的沟口,都被封死,根柱在包围圈里,横冲直撞,不停地射击,掩护二锁子的小船冲出包围圈。

根柱伏在船头上,向两边射击,招弟舞动双桨,向一条沟口冲出去。"轰!"一颗炮弹,落在船旁爆炸了,船被炸坏,漫进水来,小船划不动了。中央军又从前后扑上来。根柱把手一挥,向招弟道:"跟我走!"一个余子,钻进水底。招弟扔掉木桨,也跳下水去。

天色正午了,枪声还没有停息。太阳落山了,中央军还层层包围着这块芦苇滩,在搜捕根柱的游击队。直闹腾到天色大亮了,中央军还在芦苇棵里,喊喊叫叫,可是根本没有看到根柱的影子。

他们哪里知道,根柱和招弟,钻出芦苇棵,突出包围圈,在茫茫的湖荡里,游了一天一夜,已游到了朱家湾,上了二锁子的小船。

一天两天,又是三天过去了。

大成子打了一仗,病反而好了。他披着一条军毯,抱着枪,坐在小船头上,噘着嘴,看看身旁招弟,低下头,喃喃说道:"根柱哥,我们老是埋在草棵里,和他们捉迷藏,躲到哪天为止啊?"

根柱双手抱着额角,抵着膝盖,坐在船后梢上,正在盘算,没有回答大成子。

二锁子插嘴道:"管它多长,他们在荡里'清剿'一年,老子就陪他十二个月,少一天也不算好汉。"

大成子道:"人能陪了,肚子可不答允哩。"

二锁子道:"荡里有鱼,有虾,还有藕。"

大成子抖抖身上的湿衣服，说道："就这样坐在草棵里，上无芦席遮风，下无巴掌大的土地站脚，让风来吹，任雨来打？用不到十二个月，再有十天，不饿死，也要病死。"

二锁子带气地说道："怎么？大前天早上，被中央军包围了一下，丢掉一只小船，就想上岸去了？"

大成子急得跳起来，把枪托在船帮上捣捣，质问道："我什么时候说过我要上岸去？"

根柱抬起头，看看两个人斗气的架势，心里有一种说不出的滋味，他忙说道："都怪我没本事，带着你们受罪！"

大成子一听根柱的话，气也消了一半，说道："我不是怪你。我是说，我们要想想办法。整夜坐在雨地里，身上肌肉打颤，肚里叽咕叽咕乱叫，怎么能打仗？要想方设法搞到粮食，不能老是躲在芦柴棵里挨打。"

根柱道："谁说不想办法呢？我不是在想嘛。说老实话，我不怕宋营兵来'清剿'，就怕你们吵嘴，一吵就把我吵糊涂了，半点办法也想不出来。"

招弟道："就是大成子吵得凶。几天前，我就说，不要吃生藕，硬是不听。把自己吃出病来。大前天早上，不是你生病，烧鱼汤给你吃，还不会被包围哩。"

大成子道："我是不怕，什么苦都能吃，病我也不怕。我是担心你。这样大冷天，天天跳下水去摸鱼，掏藕，要搞出病来的。"

招弟不服地道："你要说就说自己，为什么老要带上我呢？我不是早说过，给我一支枪，上刀山，下火海，什么也不怕！"

大成子轻蔑地哼了一声："哼！嘴能不算能，要拿出本事来。那一天不是教你放枪，惊动了孙万山，孙家墩早被我们打开来了。"

招弟一听大成子提到教她放枪的事，不由得满脸火烧火燎。她气鼓鼓地反驳道："哟，我才不像你哩！张嘴喊天冷，闭口肚子饿。不是说中央军人多，就是讲我们人少，满嘴困难……"

二锁子觉得招弟把他心里的话都说出了，觉得非常痛快，跃身站起，拍手称赞道："对！招弟说得对！害怕吃苦的人，让他上岸去，少一个不为少！"

大成子没等说完，就一头蹦起来，大叫道："你，你，说我大成子怕困难，我……"

根柱伸手拉了大成子一把，说道："急什么？坐下来。"又转向二锁子道："二锁子，不要尽说大成子不好。大成子有些话是有道理的。我们去打孙家墩，是有点莽撞！如今，我们被他们困在水荡里，内无粮草，外无救兵，只能挨打，的确不是个办法。"

二锁子不服地道："这怎么是挨打呢？我们手中有枪，打上岸去，怕他个龟孙！"

根柱平静地道："打到岸上去我也想过。可是，上了岸，到处是中央军，我们总得有个落脚的地方呵！"

二锁子道："要落脚的地方干吗？这草荡里就是我们的家。我们打上去，抢点粮食，还回到这里来。"

大成子驳道："抢粮食？抢谁的粮食？呔！我们要到岸上，三次一抢，用不着中央军来'围剿'，老百姓就会下荡来，把我们捆捆扎扎，送给中央军了。"

二锁子不平地道："我也不是说去抢老百姓。要是去抢中央军的仓库，有甚不能？"

根柱道："粮食不是大不了的，也饿不死我们。我是想，我们眼前，上无领导，下无群众，单靠我们这四个人，和他们这么转下去，不大对头。"

二锁子惊问道："那你打算怎么办？"

根柱道："我想了两条。头一条，去找乐群……"

大成子道："这才是正经门道。乐群大哥是我们荡边上共产党的头儿，只有找到他，才会告诉我们往哪儿走，我们才知道……"

二锁子打断他的话，说道："你让根柱哥把话说完，再来插嘴好不好？真讨厌！"

根柱又怕大成子和二锁子顶起嘴来，忙伸手在大成子肩上一拍，继续说道："你说得对！这就像走路，一定先要看清方向，才能放开脚步，勇敢前进！找乐群就为了这个。另外一条，打东洋鬼子，不能单靠我们这四个人，要靠更多更多的人……"

大成子更觉得自己有理了，极力赞同道："对啦！光说大话，吓不跑敌人。我们要靠老百姓。有了他们，吃的穿的，什么也不愁，上岸到处能走，到处能住。下荡来，也有人送粮送草。"

二锁子这时也活跃起来，说道："对，把我们庄上的小伙子，都团结起来。"

根柱进一步补充道："不单单是我们一个庄上的人，所有这个草荡周围上万的庄子，凡是和我们一样受苦受压迫的人，都动员起来，扛起枪杆，和东洋鬼子去干。……"

大成子又打断他的话道："你这个牛皮，也吹得太大了。人家也长着脑袋，平白无故地就能跟着我们这几个人走？"

根柱道："一星火花，就能烧遍一座大山。你不要小看我们这四个人嘛。人会一天一天多起来的。今天晚上，我们几个人，兵分三路，分头活动，马上干起来。"

二锁子听说要大干了，劲头又来了，抢先说道："你下命令，我做开路先锋，包打头阵。"

根柱慢条斯理地说道："大成子上岸，联络人，搞粮食。兵马未动，粮草先行，这是件大事。二锁子到渔滨河边，去找玉莲的三哥玉田，他有一帮子人，长年在荡里打野鸭，枪法非常准，百发百中，只要他来，我们的本钱就大了。"

二锁子把胸口一拍，说道："行，你包给我，只要和他一说，要他出来给玉莲报仇，保证他干。"

根柱道："你还要多说一句，我们都是中国的儿女，东洋鬼子打到我们的家门了，我们要保家卫国，把东洋鬼子从我们国家的土地上赶出去。"

二锁子道："你放心，他要不出来，我就当面骂他是个孬种，他不是中国人。"

根柱道："到处是中央军，你们上岸都要小心。我到大崔家，去找乐群。明天晚上，在王滩碰头。火光三绕为记。"

招弟见没有提到她的名字，发急地问道："我呢？"

根柱道："你坐镇水荡。粮草弹药，枪炮船只，统统交给你，由你执掌。"

招弟向根柱笑笑,说道:"你真会说空话,好多天没见米粒了,还要我总管粮草呢?"

说得大家都哈哈大笑起来。

根柱接着补充了一句:"现在没有,将来怕你管还管不过来呢!"

7

招弟的父亲邓志才,被宋日土抓进孙家墩,关押了十七天,花了八十块钢洋,才被释放回家。

邓志才早年丧妻,只留下一个女儿,故名招弟。续娶杨氏,又生一子,取名大喜。大喜子比招弟小三岁,今年十四。杨氏偏爱亲生儿子大喜子,对招弟一向另眼看待。

招弟今年十七岁。因为从小捕鱼捉虾,养成强悍的性格。自从日本鬼子侵略中国,打到上海、南京,庄上一些老年人,每天晚上,和她爸爸聚到一起,谈论战争的胜败。她没有到过南京、上海,不知道离她的家多远多近。至于日本鬼子奸淫烧杀的罪行,她没有见过,也说不上是惊是怕。自从宋日土的队伍开到丁家坝,没过一宿,东洋鬼子飞机来轰炸,中央军趁机抢劫老百姓,她都亲眼见了,这才使她认识到,于乐群说的话是对的,不抗日,不得了。要打败日本鬼子,不能指望中央军,只有依靠老百姓。因此,那天晚上,她听根柱一说,马上下定决心,参加了游击队。

招弟的继母杨氏,对招弟参加游击队不以为然。现在见丈夫回来了,就在他面前嘟嘟囔囔地说道:"现在你是回来了,可是你那十七八岁的闺女,却跟上根柱下了荡了……"

邓志才惊问道:"她下荡干什么?"

杨氏道:"干什么?人家能得打游击去了。"

邓志才责问道:"我也不在家,谁叫你放走她?"

杨氏道:"哟!怎么赖到我头上来了?半夜三更里,她跟人家跑啦。我怎么能看住?"

邓志才一听,恼恨地骂道:"不用提了。我算没有这个女儿。抓住她,我要砸断她的腿!"

杨氏火上浇油说道:"嘿,不守家规,随人逃跑,这事还小。与国军对抗,那可是聚众造反哪!我不怕别的,担心的是,日后全家的生死,都拴在她身上哪!"

邓志才这个人,是个小心人。他从树荫下走过,都要双手抱着头,唯恐树上掉下一片树叶,砸破他的脑袋。现在听老婆这么一说,招弟下到荡里,扛枪动火,与中央军对打,那还得了!他顾不得休息,马上撑船下荡,去找招弟。

夜里,细雨蒙蒙,乌云重重。天亮时,云散雨停,天气转晴。太阳冲散乌云,飞快爬上树梢。展眼望去,几十里大的水荡里,白色的芦秆,绿色的水面,郁郁苍苍,煞是好看。

招弟送走了根柱、二锁子等人,回到原地,本想趁着天时转晴,把船舱里的枪支子弹,都拿出来晒晒。转念一想:他们眼前,最要紧的还是口粮,是吃饭的问题。应该趁天晴的机会,到滩头上,挖一船藕回来。在荡里过日子,藕就是粮食。她拿定主意,便将船上的枪支子弹,用军毯包起,放到一块芦柴笆上,用几根木棍,在芦柴棵里,搭起个天棚,堆上乱草,藏起枪来,腾出空船,去到滩头上掏藕。

她划着小船,迎着寒风,来到滩头,脱去棉衣,将辫子往头上一盘,跃身跳进水里。

这虽是初春的天气,水还相当凉。可是想起了大敌当前,伙伴们都在挨饿,现在下荡挖藕,也正是和当前的敌人进行斗争。她浑身发热,眼一闭,嘴一抿,就钻到水底去。

她那结实的身体,好似一只鱼鹰,沉入冰冷冰冷的水底,两只手像两只铁钳,插入淤泥,掏起一支一支雪白的大藕,再浮上水面,把藕上的淤泥洗掉，送进船舱里。

小小的木船，渐渐装满了中舱。招弟还不愿停手，继续挖藕。

邓志才悄悄地从芦苇棵里钻出来，将船轻轻地划到她的背后，注视着水面。等招弟再次冒出水面时，突然伸出双手，抓住她的后衣领。招弟遭到突然袭击，弄不清是什么人，拼命地挣扎着。但是邓志才人强力大，用劲把她拖上自己的小船，恶狠狠地掼进中舱，说道："走，跟我回家去。"

招弟惊疑地躺在舱里，咬着牙，猛然翻起，准备搏斗，一看，认出是自己的父亲站在面前，不由得抽了口冷气，倒愣住了。

邓志才气狠狠地伸过木桨，钩过招弟的小船，从船头拿过她的棉衣，往她面前一掼，厉声喝道："给我穿起来，走！"

招弟骤然见到父亲，倒有一阵惊喜。可是，看看父亲的脸色，她的心上好像插进一根冰柱。尤其是父亲这种无理的斥责声，更激起她内心的反抗火焰，她挺身站了起来，问道："爸爸，你这是干什么？"

邓志才没有回答她，也没有让招弟去申述自己的理由。他恶声恶语地骂道："跟我回去，再和你算账！你……"

招弟直挺挺地站在船舱里，丈二金刚，摸不着头脑。

邓志才见招弟站在那里一声不吭，越骂火气越大，他指着招弟的鼻子骂道："我把你养活这么大，你竟然目无长辈，半夜逃走！你……"

招弟实是忍无可忍了，理直气壮地说道："爸爸，你不能这样说。我所做的一切，光明正大，对得起生养我的父母，也对得起邓家的祖先。"

邓志才把牙一咬，骂道："呸！你心里还有父亲啊？我被宋日土抓去，关押了十七天，你给我送过一口茶水没有？"

招弟据理申述道："不是我不去看你，那是姨娘不准我去，说宋营的兵实在混账，女孩子不能去。"

听了这几句话，倒也有理，志才的气消了一些，但还是问道："不去也可以。可是你在家里，听你娘的话没有？"

招弟答道："反正这些天，我也没和她顶过嘴。"

志才气又上来了，问道："你还嘴硬！半夜三更里，你跑到荡里来，对你娘说过没有？"

招弟大声说道:"抗日救国,拿起枪杆,为父亲报仇,为百姓申冤,这是光明正大的事情,还用和谁去说!"

邓志才双脚在船板上跺跺,狂怒地叫道:"你见我还没有死,要来害死我!"

招弟道:"我害你?我拿起枪杆要救你,怎是害了你?"

邓志才道:"你知道不知道,你们反抗中央军,这就叫造反呵!中央军派来那么多的兵马,在荡里'清剿',万一把你捉住了,人家说,那是邓志才家的姑娘,我一家大小还有命吗?这还不是害我是什么?"

招弟也知道父亲是个胆小怕事的人,硬去怪他,和他顶下去,也不是个办法。她把声调放得柔和点,开导地说道:"爸爸,你不是也常说,小日本鬼打到中国来,中央军不抵抗,任日本人横行,发愁将来的日子不知道该怎么过。你想想,日本鬼子来炸,中央军来抢,房子烧了,粮食抢了,不拿起枪杆和他干,怎么能行?"

志才道:"那是男人的事,可你是个女的,你知道吗?"

招弟噘起嘴唇说道:"国破家亡,哪里还分男女!花木兰不也是个女人吗?"

志才道:"嗬,好大的口气!中央军多少万军队,都没有守住上海、南京,你这么个黄毛丫头,张嘴去打,闭嘴去打,去打,你先上秤称称,看自己有几斤几两,再来说这个大话。"

招弟大声地道:"早称过了。中国人比日本鬼子多得多,一人吐一口唾沫,也能把他淹死。"

招弟受了于乐群的教育,眼界宽了。这几天又和宋日土较量了一番,斗志更强了。邓志才提出了一条,被招弟驳回一条,驳得他无话可说了。邓志才只好蛮不讲理地说道:"我姓邓的祖坟上,没长这棵蒿子,出不了你这个能人,不稀罕你为我去申冤出气,也不准你替我惹是生非。走,跟我回家!"

招弟坚强地说道:"我不走!要走,也得等根柱回来!"

邓志才又气又急地说道:"你还要等根柱,你知道不知道,中央军已经悬挂赏银,捉拿根柱。他和他的表哥于乐群,都是共产党!"

招弟道:"他是共产党,领导老百姓打东洋鬼子,这有甚不好?又犯的哪一家王法呢?"

邓志才道:"共产党!共产党要被中央军逮到了,要全家杀头的。"

招弟冷笑了一声,说道:"中央军有什么了不起。他们开来几十条木船,在荡里折腾了这么多天,根柱身上一根汗毛也没有少呵。"

邓志才又劝道:"根柱现在无家无小,无牵无挂,他倒干净利落。可你是有父母的人啊!你都不为父母着想吗?"

招弟也据理反驳道:"那么,你和我娘,也就不为我和大喜子想想,儿女们今后怎样生活下去吗?"

邓志才被问得哑口无言。他站在女儿面前,沉思了好久,只好气哼哼地说:"我不跟你讲这些歪理。你说回去不回去?"

招弟倔强地回答:"不回去!"

邓志才气急败坏地跳下水去,扳起招弟乘的那只小船,用力一翻,翻到水里去。船里的藕,在水上漂了起来。

招弟急得大声喊:"爸爸,爸爸,你疯了!"

一边喊着,一边要往水里跳。邓志才忙回到船上,抓住招弟的膀子,强推进船舱,马上划起双桨,直奔丁家坝去了。

8

根柱趁着晨雾,穿过中央军层层的封锁线,摸到大崔家。在街上一打听,王铁匠前几天已搬到孙家墩集上去住了。好似一盆凉水,从头顶浇到脚跟,连心都凉了。

他有气无力地走出庄子,来到土地庙旁,倚着一棵大白果树,就地坐下,掏出旱烟袋，先抽袋烟，歇歇脚再说。

他捧着烟袋，一边抽着烟，一边在沉思，孙家墩住的是宋日土的部队。最近这十多天，宋日土调动大队兵马，正在荡里"清剿"。要是自己跑到孙家墩去，这是蜻蜓去访蜘蛛，自投罗网呵！去不得，太冒险……

他想来想去，觉得孙家墩不能去，还是先回到荡里，再作计议。

他磕去烟灰，揣起烟袋，站起身，走了有大半里路，突然又站下，自言自语道："要是不去找王铁匠，怎么能知道乐群的下落呢？荡里的人，现在都在盼望早点得到乐群的消息呵！难道就因为我贪生怕死，误了大事。对，不入虎穴，焉得虎子。孙家墩就是龙潭虎穴，我也得去闯它一闯！"想到这里，他反转身来，直奔孙家墩而去。

大崔家到孙家墩，顶多五里多路，根柱放开大步，不一会儿就到了。

孙家墩只有二百来户人家。原先是个闲庄，两年前才成了集。十天两集，每逢一、六，集上热闹非凡，平时仍和一般村庄差不多。因为住在这里的人，十家有八家半，都是种庄稼人。

这个集，是一条东西街，中间有一条南北大河，把孙家墩切成两段。街道大半截在河西，一切生意买卖，也集中在河西。河东只有三十来户人家，全是半农半商，逢集做做生意，平时仍然种地。自从宋日土到了孙家墩，便下一道命令，将孙万山家的土圩子，重新扩大，把河西街道，全都圈到圩子里去，河东的街道，统统拆除，迁到河西。

宋日土在这一方，是有名的土顽，他的话，就是圣旨，命令一到，谁敢违抗！四面八方，乡、保、甲长，押着三千多民夫，不分日夜，筑土圩，盖碉堡，忙成一团。

河东半条街，拆的拆，烧的烧，墙倒屋塌，破破烂烂，搞得乱七八糟。

根柱进了孙家墩，立即混进民夫队伍，又拐来拐去，来到桥头，在一家饭店里坐下。一个五十来岁的老奶奶，哭丧着脸，走过来问道："小哥，你吃什么？"

根柱看看这位老奶奶，答道："来一碗稀饭。"

老奶奶走到锅前，盛了一碗稀饭，送给根柱，接着长长地叹了口气："唉！什么都完了。我们家的生意，只能做这一天了，明天这个房子也要拆了。"

根柱接过碗道:"这房子不是好好的,为什么也要拆?"

老奶奶叹息一声:"唉!你不是来筑圩子的吗?说是要砖头,到河西去盖碉堡呵!唉!这个日子,没法活啦!"

根柱道:"盖碉堡,河西那么多的瓦房,为什么不拆,单单要来拆河东的草房子呢?"

老奶奶道:"河西是姓孙嘛,有人能抗住。我们河东都是杂姓,没钱没势,谁来替你抗哟?"

根柱道:"噢!原来是这么一回事!"

老奶奶又问道:"你是抓来的,还是派夫派来的?"

根柱道:"我是派夫派来的。"

老奶奶道:"唉!你们乡里,离得远些还好点,我们住在集上的人,更遭灾呵!你看我这一家,儿子去筑圩子,媳妇去抬石头,盖碉堡,就剩下我这个耳聋眼花的人,还要为那些丘八子去洗衣服啰。"

根柱道:"老妈妈,集上是不是有个王铁匠啊!"

老奶奶道:"你问的是哪一个王铁匠啊?"

根柱道:"这个王铁匠前不久是从大崔家搬来的。"

老奶奶想了想,道:"你问的那个王铁匠,听说是一个……是个什么?"

恰在这时,吴小溜子身背盒子枪,手拿马鞭,领着三个士兵,走到饭店门口,看见里面有人吃饭,把鞭梢一指,嚎叫道:"喂,喂,你坐在里边干吗,出来!"

根柱抬头一看,一眼认出了吴小溜子。因为吴小溜子,曾经领着宋日土的四姨太太,强占过他的新房。他给了饭钱,把帽子往前脑上拉拉,走出门来。

吴小溜子站在门外,拦住根柱,伸手掀起他的帽子,在他脸上看看,问道:"你是哪个乡的?"

根柱道:"我是过路的。"

吴小溜子道:"过路的?走,去抬砖头!"

根柱道:"我家里有个病人,到集上来买药……"

吴小溜子把鞭梢一指，喝道："把他带走！"

上来两个士兵，不由分说，把根柱抓走了。

根柱年轻壮实，一抓去，就被分往运输队里，到河东去拆房子，抬石板，挑砖头，去盖碉堡。根柱迫不得已，就一边干活，一边打听王铁匠。可是和他在一起干活的，大半是外村抓来的民夫，都不知道什么王铁匠。

第三天中午，他和一个民夫，抬着两块石板，刚刚走上大桥，迎头碰上了孙万山。

孙万山年约五十七八，长方脸，大高个儿，八字小胡，已见花白。头戴黑毡帽，身穿长袍，外套马褂，手拖文明棍，屁股后面跟着两个卫兵，和根柱擦肩而过。他已快走下大石桥，一个驼背卫兵，赶上前去，和孙万山耳语了几句，指指根柱，向另一个卫兵道："把那个抬石头的叫回来。"

那个小矮个儿卫兵，大三步，小两步，赶到根柱背后，猛在他肩上一拍，喝道："站住！"

根柱是个机灵人，他一见孙万山从他身旁走过去，已经预感到要出事，因此，在思想上早有准备。他冷冷地放下石板，问道："你要干吗？"

孙万山走过来，在根柱身上，前后左右，看了好半天，问道："你是哪个乡的？"

根柱道："涧河口的。"

孙万山道："涧河口，涧河口怎么跑到孙家墩来？"

根柱道："被抓夫抓来的。"

孙万山道："你不是涧河口的人吧？"

根柱道："你说不是就不是呗！"

孙万山晃着脑袋道："你还记得，我那八支枪的事件吗？"

根柱摇摇头道："不知道。"

孙万山又看看根柱，把文明棍一指，向那小矮个子的卫兵道："把他带走！"

根柱毫不畏惧，挺挺身，昂起头，随着那个小矮个儿的团丁走了。

孙万山不再去察看工事，却折回头来，去找宋日土。

宋日土住的房子，是个四合院子，后边三间主屋，两旁有六间厢房。前边四间朝街，原是个银匠铺子。自从宋日土的队伍住到集上来，银匠铺就关了门，连跟铺的主人，也被赶到后街一个茅棚里去住，这所房子，便被宋日土所占有。

宋日土自从第四房姨太太被日本鬼子飞机炸死，便整天躺在铺上，抽白粉（海洛因）过日子。他横躺在铺上，嘴里衔着一根纸管，手里捧着一块锡纸，正用一个小小的银勺，把白粉往锡纸上挑。孙万山乐呵呵地走进门来，站在外间，抱着双手，向宋日土拱了几拱说道："恭喜，恭喜，我特地为宋兄报喜来了。"

宋日土连忙放下手中的银勺，翻身站起，迎出房门，道："孙公，也太会开玩笑了。连个老婆都被炸死了，喜从何来呢？"

孙万山道："四夫人虽亡，抓到个丁根柱，不是一喜吗？"

宋日土道："孙公，今天又来戏耍宋某了。为着缉捕丁根柱，封了三十只木船，在荡里'清剿'了十三天，连个影子也没找到。有人说，这个丁根柱，他会借水遁，你就有百万兵马，在荡里也无奈他何。小弟也是不得不收兵呵。"

孙万山道："在水里捉不住，到了岸上，不是也可以捉拿吗？"

宋日土摇摇头道："唉，这个人，神出鬼没，本事大得很，要捉拿可不易呵！"

孙万山道："他是三头六臂么？"

宋日土道："他虽不是三头六臂，可是根据我的情报，确实能飞檐走壁。"

孙万山笑笑道："据我所知，丁根柱现在就在我们孙家墩，并不在荡里。"

宋日土震惊了一下，道："啊！他已进了孙家墩，你是从哪里得到的情报？"

孙万山得意地说道:"实不瞒老兄,他已经进了我的暗室了。"

宋日土诧异道:"你是怎么捉到丁根柱的?!"

孙万山举起手中的文明棍,在半空扬扬,说道:"我并没动用一兵一卒,只是凭着这根棍!"

宋日土高兴地亮开嗓子,唤道:"勤务兵,拿茶来。"

孙万山摆摆手道:"这时,我要的不是茶。"

宋日土退后一步,向炕上一让,说道:"请到铺上,抽两口。"

孙万山毫不谦让,放下文明棍,躺到铺上去。

这一天晚上,二十几个武装整齐的士兵,从孙家大院,押出丁根柱,送到宋日土的司令部,关到一间新的牢房里。

这个牢房,就在宋日土的后院里。两间房子,是个通厅,在角落上有个稻草铺。

根柱进来时,草铺上已躺着一个人。他就和这个小伙子,睡在一个草铺上。开始,大家都没有说话。半夜以后,更深人静了,这个小伙子突然用脚蹬蹬根柱,根柱知道那人想和他说话,也用脚尖蹬蹬那个小伙子,表示他醒着。

小伙子把身子缩缩,轻轻爬到他这头来,低低地问他道:"你姓啥?"

根柱心里一怔,不知该怎样回答。他在敌人面前,始终没有承认真名实姓,现在对这个陌生人,也只好仍旧扯谎道:"我姓耿,耳火耿。"

小伙子又问道:"你家种地吗?"

根柱答道:"我是荡里人,捞鱼摸虾,不种地。"

小伙子听说他是荡里人,就不再问他了。

根柱等了好半天,见这个小伙子不作声了,便反问道:"你姓啥?"

这个小伙子低低答道:"我姓王,叫王同新,做铜匠手艺。"

根柱道:"你就是这集上人?"

王同新道:"不是的,我是黄河北人,到集上来做手艺,被抓来的。……"

手电筒的光芒一闪,屋里亮了。一个中央军,嘴叼烟卷,肩背长枪,手拿电筒,在屋里照照,走到王同新身旁,恶声恶语地道:"翻过身来。你手上的绳子,松了没有。"边说边蹲下身子,借着检查绳子松紧为名,低低地说道:"注意,孙万山刚来司令部,今夜要开堂审讯。"说着,站起身子,勒圆嗓子,故意大声吆喝道:"睡好,不准翻身。"说完,又退出门去,顺手将门带上,只听"当啷"一响,显然是在告诉屋里,门上是有锁的。

根柱竖起耳朵,静静地听着这个士兵和王同新所讲的话,心里暗暗在思考着,审讯,是要审讯我了。这个姓王的,与宋营的兵,有什么勾当?是不是有意安排好,来对付我的?……

王同新突然又用肘弯抵抵根柱,轻轻问道:"你家里还有什么人?你娶过媳妇?"

根柱对王同新更加警惕了。心里想,这个家伙,定不是好人,他是想在审讯之前,盘问出我的实情。好,我就来试试他看。他说道:"我的母亲,我的妻子,都被东洋鬼子的飞机炸死了,我是个单身独汉,家里什么人也没有了。"

王同新轻轻叹息一声:"唉!自从日本帝国主义的铁蹄,踏上我们中国那天起,在我们的土地上,不知有多少善良的人,勤劳的人,无辜死在这些强盗手里,这是一笔血债呵!"

根柱听王同新这段议论的口气,又像是个正派人,便跟着王同新的话音,进一步试探道:"血债,一定要用血来还。中国人饶不了他。"

王同新故意逗引道:"话是这么说。可是,母亲的仇,妻子的仇,乡亲们的仇,赤手空拳怎么去报啊?"

根柱咬牙切齿地道:"这你不用发愁,到时候,定会有人站出来的。"

王同新又逗了一句:"我还没见到有人挺身站出来。"

根柱不服地道:"敢站出来的人多着哩!现在就是缺少个领导。"

王同新把身子挪挪,紧贴着根柱的耳朵说道:"你听说过没有?我们中国出了能人啦!他现在出来领导抗日啦!"

根柱想了想,王同新究竟是个什么样的人,他还不摸底,就故意装作不懂的样子说道:"没听说过。"

王同新道:"这个人,就是毛泽东。他领导红军,踏过千山万水,到了陕甘宁,建立起抗日根据地,领导全国劳动人民,抗日救国。"

根柱一听王同新的话和于乐群说的差不多,心里一动,翻转过身子,对着王同新，小心地问道："他的队伍在什么地方啊？"

王同新道："他的队伍可多得很呵。他从延安，派出几路大军，深入敌后，开展敌后抗日游击战，建立抗日民主根据地。"

根柱这时实在憋不住了，脱口而出地说道："对，有了毛泽东，将来的天下，就是我们穷人的了。"

王同新道："就是现在，已经有好多地方，建立了抗日民主政府，像我们这样的受压迫的弟兄，受剥削的弟兄，已经开始当家做主了。"

根柱高兴地道："要能有这样的好政府，还怕打不败小日本鬼子吗？"

王同新肯定地说道："对，只要把受压迫的人都组织起来，这股力量大得很啊！小小日本鬼，笃定能打败他！"

根柱天真地问道："你认识毛泽东吗？"

王同新答道："不认识，只是听人说。"

根柱道："那你怎知道这么多？"

王同新道："我是个手艺人，整天串门走户，也是听人家谈起的。"

根柱追问道："你知道他现在住在哪里？"

王同新道："他在延安。"

根柱从铺上坐起来，问道："延安离我们这里有多远啊？"

王同新惊问道："你问这个干吗？"

根柱恳切地说道："我要去找他。他能领导我们打东洋鬼子，就是我们的亲人，最亲最亲的人，我一定去找他。"

王同新愣了愣，重复了一句："你……要……找……"

根柱急切地说道："我的表哥就是……"他没有说出口，忽然想到，这是不能对外人讲的，忙又改口补充道："我听我表哥说过，共产党是为我们穷人的。我这次来就是……"

根柱刚说到这里，突然听到外面喊了一声："谁？口令！"一个中央军从门外穿了过去。

根柱竖起耳朵，留心地听听，外边的脚步声，渐渐远去。

这时，他心急如焚，忍不住说道："你怕不怕死，要是有种不怕死，跟我走，我有枪！"

王同新也骤然一怔，忙问道："怎么，你有枪？"

根柱知道自己的话说冒了。既然说出口了，干脆就一不做，二不休，照真说下去："我是坚决听毛泽东的话，拿起枪杆，打东洋鬼子。你要是相信我，就跟我走，一起去干！"

事情这样急转直下，倒完全出乎王同新的预料。对眼前这个人，他倒一下审不透了。就用另外的话试探道："这个地方，出了门，就是水，无处可走呵！"

根柱以为王同新还不信任他，就率直地说道："和你实说了吧！我是专程到孙家墩来找一个人的。不巧被孙万山这个狗崽子抓了进来。不是为了找那个人，我什么时候想走，什么时候就能走。河，有什么关系。进来时，我把周围都看好了。这屋后就是一条大河，下了河就鱼归大海了。"

王同新忙问道："你会游水？"

根柱坦然地笑道："在妈妈肚里，我就和水有了交情。我从小生在水里，长在水里，怎不会游水？你放心，面前就是长江大海，有我就有你！"

对着这样一个率直的汉子，还有什么信不过呢？王同新不再说话了。他闷着头，愣了好大会儿，突然伸过头来，把嘴巴套在根柱的耳朵上低声说道："你把手往上抬抬，我用嘴啃断你手上的麻绳，我们两人推开后边窗户，跳出去。"

根柱应声道："好，我们跳出去。抓到是他的，抓不到是我的。反正不能等死。"

这时，屋外又传来吆喝声："口令！"有人朝这里走来。

王同新的牙齿，好似钢刀一般，几口，就把根柱手上的麻绳咬断了。他焦急地说道："快，快冲出去。敌人是来提我的。能走一个算一个，不用管我了。"

根柱倔强地说道："我根柱不是那样的人，丢下朋友不管。要死同死，要走同走。让我一个人走，我宁可拼掉！"

说着，他迅速地掉转身来，三两下就解开了王同新手上的绳子。这时门上的锁响了，根柱果断地打了个手势，对王同新说道："跟我来！"

王同新和根柱，从墙角里一人抓起一把灰土，握在手里，飞快地贴到门背后去。

吴小溜子打开锁,推开门,打起手电筒,对着屋里叫了一声:"王同新,出来!"他刚刚迈进门槛,突然从门后飞出两把沙土,打到眼上,电灯光霎时灭了,"呼噜"一声,好似两只猛虎,冲出门去。

吴小溜子捂着眼睛,倒在门旁,好似上了屠宰场的肥猪一般,拼命地嚎叫着:"来人哪!犯人跑啦!"

接着,"砰,砰……"连着放了几枪。

"从哪里跑了?从哪里跑了?"院里有人狂喊起来。

吴小溜子不住嚎叫着:"后墙头,后墙头……"

过了一会儿,机枪声、步枪声,满街满圩都响起来了。

根柱背着王同新,在昏暗的夜色里,游过一条大河,直奔丁家坝而去。

9

二锁子赶到渔滨河口,还没有进村,就碰上徐玉田了。

徐玉田的大炮,在渔滨河上,是赫赫有名的。这杆炮,长不到五尺,能装三斤半土药,五斤铁砂,若遇到野鸭群或者大雁群,一炮开出去,至少也能打到三五十只。因此,人们都称他这根土药炮叫大炮。

他十六岁时,父母双亡,和妹妹玉莲撑起家来。他所谓的"家",就是两间破房子。此外,岸上没有一寸土地,荡里没有巴掌大的草滩,只靠祖传一杆土药炮,长年在荡里打野鸭为生。

他今年刚满二十岁。从玉莲出嫁后,他就一个人生活,白天打猎,夜晚才回来。自从东洋鬼子打通运河线,占领了两淮,渔滨河边就遭了殃。日本鬼子烧杀,中央军过来抢劫,地主恶霸天天上门,早上派捐,晚上要税,不是抓壮丁,就是拉伕子,逼得他活不下去。一天,伪保长正带着人来拉伕时,他和两个青年人,把伪保长狠狠揍了一顿,跑下荡来,抗丁抗税。

这两个青年,一个叫张忠,另一个叫李进,都刚刚年满十八周岁,家里都是捞鱼摸虾的穷苦人家。

徐玉田碰上二锁子,一听说妹妹玉莲被东洋鬼子炸死的消息,二话没说,领着张忠、李进,划着小船,来投根柱,决心为妹妹报仇雪恨。

二锁子带着玉田等人,回到草荡,寻不见招弟,也找不到枪支船只,真是急坏了。一直等到天黑,才和大成子碰上头。从大成子口里,知道招弟被邓志才拖回家去,锁在房里,不能出来。可是他却打听到放枪放船的地方,就引大家去取枪。

这五个人当中,玉田年纪最大,懂事较多,又加上他办事细心,有胆有识,在青年人里,很有威信。因此,二锁子道:"玉田哥,现在根柱不在,我们就推你做头儿,你说怎么干吧?"

徐玉田年虽二十,可是提起带兵打仗,他也没有经验。

因此,他想了想说道:"根柱不是去找乐群了吗?还是等他回来再说。"

张忠是个急性子,立即说道:"粮食有了,枪有了,子弹也有了,还要等谁?今天晚上就上岸去。"

徐玉田沉思一下，问道："上岸去瞎闯可不行，要有个目的。"

张忠道："要干就大干一场。现在上岸去，先把那些抓壮丁、派捐的人，统统干掉。"

大成子表示不赞成，说道："我们下荡，竖的大旗，是打东洋鬼子，抗日救国。我这次弄粮食时，也给人家说，是为了打鬼子。现在东洋鬼子还没有打，就去打顽保长，怕不好吧！"

张忠道："地头无鬼不生灾。不把这些地头蛇收拾掉，他就不会让我们抗日打鬼子。"

二锁子赞成张忠的意见，接着说道："对，要打！都要打！日本强盗，侵占我们的土地，烧我们的房子，杀死我们的人，我们要打！打得他马仰人翻，回不了家，见不了爹娘。中央军不抗日，不打鬼子，反而打家劫舍，我们也要打。反正是谁来抢劫老百姓，就打谁！一定要把那些压在我们头上的地主恶霸，统统推下东洋大海，去喂鱼喂虾。"

张忠见他的意见得到支持，高兴地说道："对啊！你可说到我心里来了。我最恨那些地主，逼租逼债，派捐派税，都是那些混蛋干的。不把那些吃人不吐骨头的恶狼打倒，就没有我们出头的日子。"

大成子插嘴道："打当然要打。别的我不怕，就怕胡打一通，打出纰漏来，连这个草荡，也没有我们站脚的地方啰。"

二锁子两眼一瞪，叫道："你怕个啥！天塌下来，有头顶着。怕什么？"

大成子道："我有甚可怕的？地陷下去，也不是我大成子一个人。"

二锁子挥挥手道："你不怕，就少说松劲话。前怕狼后怕虎，八辈子也成不了大事。"

玉田还摸不着这两个人的脾性，一见吵起来，忙出来拦阻道："嗳，嗳，都是自家兄弟，遇事好好商量，不要争吵嘛。"转脸问李进道："李进，你怎不说话？你说说看，我们应该怎么办？"

李进是个憨厚的小伙子，不爱讲话。他红红脸道："嗯，嗯，我，我是跟你来的，你说怎么办就怎么办。"

玉田看了看大家，又低头想了想，说道："打！我们一定要打！不打我们跑到这草荡里来干吗？拿自己的头开玩笑吗？打，坚决要打！日本强盗，中央军,还有地方上那些坏蛋,统统得打!……"玉田的话还没有说完,二锁子就站起来,接声道:"我就这个意思嘛,得统统打!不打我们就站不起来,出不了头!"

玉田摆摆手继续说道:"我和你不同的,就是不能同时打!吃饭得一口一口吃,做事也得分先后主次。我们先打谁,后打谁,得和老百姓商量。"

大成子道:"这话说得在理嘛。先是国恨,后是家仇,这是古理嘛。"

二锁子道:"算啦!理,理,和敌人还有啥理讲。我们抗日打鬼子,中央军说我们是共产党,是土匪。挂出赏银,捉拿根柱。又派军队,下荡来进攻我们,这叫哪家子理?"

玉田道:"问题就在这里。日本强盗,到处杀人放火,奸淫掳掠,谁不痛恨?他杀我们,我们也杀他们,这叫一来一往。至于中央军嘛,他现在也就是造我们的谣言,说我们是土匪。他贴布告,我们也去贴。叫老百姓看看,究竟谁好谁坏?"

张忠恍然一跃,站起身说道:"对,他说根柱哥是共产党,我们就写共产党为民除害,抗日打鬼子。是共产党又该怎么样。"

大成子纠正道:"照我看,根柱哥也还不是共产党……"

二锁子抢嘴说道:"谁说不是?他不是去找于乐群了吗?于乐群就是我们荡边上共产党的头子,还上哪里去找共产党?"

大成子道:"就是你能,你去写!拿着个'一'字,当扁担使!把你能得不轻。"

玉田摆摆手说道:"不要吵了,这个我有办法。我看这样办吧!现在我和李进到岸上去。你们三个人,住荡里练练枪法。"

二锁子道:"我也上岸去。看见敌人真刀真枪地拼一通,才过瘾哩!住这里多憋气。三尺长的枪,拿在手里,谁不会放啊。还练什么?"

玉田笑笑,四边望望,转向张忠道:"你看,那里有三只水鸡,去拿两只来,今天中午,我们几个人开开荤!"

张忠会意地笑笑,知道玉田这个人,心细厚道,不会恶语伤人,意思是要他做出样子,给大家看看。他摸起一支枪,推上子弹,回头对二锁子说道:"请二锁子麻烦走一趟。"嘴说之间,把手一举,只听"砰,砰"两枪,草荡上的三只水鸡,一只水鸡半仰过身子,动也不动了,另一只飞到半空,又掉了下来,脖子朝天,漂在水面上。

二锁子脸红红,低下头,不再说话了。

玉田又看看大成子,交代道:"现在荡里,由张忠带头,教你们枪法。只有练好了枪法,才能多消灭敌人。"说着,站起身,对李进道:"走!我们上岸去。"

10

根柱和王同新,游过大河,绕过大小三十多个庄子,回到涧河口,这时天已闪亮,他对王同新道:"天亮了。我们赶到前边的梁家墩子住下。这条路白天不能走呵!"

王同新站住,朝东南看看,那里只有三四户人家,问道:"这个墩子上,有熟人吗?"

根柱道:"到了家门口了,谁还不认识谁呢?"

两个人边说边走,来到墩子前边,抬眼一望,看到土地庙上,贴着一张大红纸布告,根柱走近前看看,转身问王同新道:"你认识字吗?"

王同新笑笑,说道:"小时候喝过两瓶墨水,多少认识几个字。"

根柱用手指指布告,问道:"你看看,这张布告,一定又是挂上赏银,捉拿我的。"

王同新走过去,揭下一张红纸一看,并不是什么布告。再看看,下边一张,确是悬赏捉拿丁根柱的布告。白纸上还盖上官印。上边这张红纸布告,没有官印,写着丁根柱的姓名,自称是共产党,号召所有的穷人,受压迫的人,扛起枪杆,抗日保家乡。王同新说道:"这是丁根柱下的传单……"

根柱脱口而出："我说嘛,我虽然不认识它,一看贴在这个土地庙上,就知道是捉拿我的。"

王同新惊讶地叫了一声："你就是丁根柱?"

根柱道："怎么?你也知道我的名字?"

王同新仍旧保持镇静,笑笑道："你不是对我说,你姓耿吗?"

根柱道："世上哪有这么多老实人,我在敌人牢房里,告诉你我叫丁根柱,让你去领赏?"

王同新笑道："你现在就不怕我了吗?"

根柱道："前边草荡里,就是我的天下,我怕谁?"

王同新道："你不怕来'清剿'?"

根柱道："嘿,那算个啥!三十三师和宋日土,调来上千号人,在荡里闹了半个多月,也未动去我一根汗毛。"

王同新道："你老实告诉我,你们在荡里,究竟有多少人马?"

根柱笑笑道："刚才在路上,和你谈的那些,都是假话。我们的人马是,三男一女,八支枪……"

这时,突然从土地庙背后,走出一个人来,接上道："你说的那个女的,已经回家了。"

根柱惊叫一声："玉田!"扑上去拦腰抱住,连连问道："你怎么在这里?"

玉田道："我们荡里现在有五个人了。昨天夜里,我们分成三路,上岸来贴布告,下传单,要老百姓起来打鬼子。"

根柱道："这个红纸布告就是你们贴的?"

玉田道："中央军说你是共产党,是土匪。我们就写上一张传单,说共产党领导人民,抗日打鬼子,把它盖起来。叫老百姓知道,只有我们才是为国为民的好人;中央军正是祸国殃民的土匪。"

王同新情不自禁地赞扬道："你们做得好。我们要向全国人民揭露蒋介石的投降主义,祸国殃民的罪恶。同时,也要告诉老百姓,只有共产党、毛泽东才是人民的救星。号召全国群众,扛起枪杆,抗日救国。"

玉田走过来,仔细看看王同新,问根柱道："他是什么人?"

根柱道："哦，这是王同新，我们一块儿坐牢，一起从孙家墩逃出来的。"

玉田一怔，问道："你怎么跑到孙家墩去了？"

根柱道："说起来话长。现在天已不早，赶快下荡去，慢慢谈吧。"

玉田道："我的小船，就靠在前边沟口。"

根柱向王同新道："这下你放心了吧！"

王同新笑笑，指指前边的玉田道："他是谁？"

根柱这时才又想起来，哈哈大笑道："你看看，我这个人，脑子里真是少两个窟窿，来来，玉田……"

王同新忙说道："好了，不用介绍了。他就是你刚才讲的——徐玉田的大炮，是吗？"

根柱点头道："对啦！他的枪法，在我们这个草荡里，无人不知，无人不晓。"

玉田谦虚道："你不用替我吹了。我哪里赶得上张忠呢？"

根柱急问道："我不是叫二锁子跟你说，把那一伙子人都找来吗？怎么，张忠没来吗？"

玉田答道："来了。张忠、李进全来了。"

根柱高兴地说道："老王，我没说错吧？你不用问我们有多少人。反正我们的人，一天多上一天。敌人呢？打死一个，就少一个。"

玉田道："可是，招弟被她父亲找回去了。"

根柱毫不在乎地说道："走一个，添四个，还是比以前多了三个。这还不好？"

王同新赞同道："说不定，再过几天，还要增加三十、五十个哩！"

根柱道："对！我就是这样想的。我们今天是七个人，明天就会变成七十。"

玉田道："你知道不知道，车桥、草甸、沙沟、凤谷村，这一线都住上了中央军，筑起圩子，盖起炮楼，拉上铁丝网。看样子，他们不准备走了。"

根柱道："知道。我们刚刚从孙家墩出来，怎么不知道呢？你放心，我们的人，一定会一天一天多起来。"

三个人边谈着心，边来到河边，上了小船，如飞一般，直奔草荡去了。

11

白茫茫的晨雾里，渐渐现出霓红色的朝霞。

根柱的小船头上，插一根竹竿，竹竿上挂着大红旗，旗上写着"丁根柱抗日游击队"八个大字。其实，这支游击队的人数，就是算上招弟，也不过和旗帜上写的字同等数目。现在只有七个人，四只小木船。

这支小小的队伍，在这个草荡里，竖起抗日的旗帜，对淮、涟、阜一带的人民是很大的鼓舞，对日本侵略者是很大的威胁。斗争烈火，在草荡里迅速地蔓延开来。

春寒逐渐消逝，天气日益和暖。东方旭日，冲开重重晨雾，渐渐升起。

根柱的四只小船，一字排开。年轻人个个端起枪，伏在船头上，练习瞄准射击。

根柱在王同新的指导与帮助下，对革命的认识以及抗日的目的，都有了新的提高，一面向岸上群众广泛展开抗日宣传工作，一面积极训练自己的队伍。

根柱正在船头瞭望，突然看见一个十多岁的孩子，划着一只小船，钻出芦苇，箭也似的，朝他们这里飞来。人还未到，响亮的声音，已从水面漂来。

"根柱哥，根柱哥！你们在哪里啊？"

根柱一听这个大嗓门，就辨别出是大喜子的声音。

他站在船头上，双手做个喇叭筒，套在嘴上，对着船来的方向喊道："大喜子，大喜子，到这边来！"

小船向前急驶着，大喜子欢快地叫道：

"根柱哥，根柱哥，中央军跑啦！"

船上的小伙子，一个个都跳起来，嚷道："中央军跑啦！"

他们异口同声地叫道："大喜子，大喜子，快来啊！"

小船渐渐近了。船头上站着这位十四岁的少年，挥舞着双桨，像鸟儿归巢似的，直扑过来。

根柱的小船也迎了上去。

大喜子停住自己的船，轻快地飞上根柱的小船，紧紧抱住根柱，气喘吁吁地说道："根柱哥，根柱哥，你让我好找呵！"

根柱急问道："你快说，中央军怎么跑了？"

大喜子撩起衣襟，擦擦脸上的汗水道："今天清早，天还没亮，姐姐突然把我叫醒，轻轻对我说，你快下荡去，向根柱哥报告：'中央军跑了。'"

根柱急问道："姐姐没有对你说，他们为什么要跑？"

大喜子一下愣住了。他结结巴巴地答道："我……我也慌了，爬起来就跑，忘记问她。"

二锁子忙问道："你姐姐不是被你爸爸锁在房里吗？"

大喜子道："锁有什么用？能锁住人，锁不住她的心，她一心要下荡来，抗日打鬼子。"

玉田的特点，胆大心细，做事从不冒失。他听了大喜子这番话，心里有点奇怪，接着问道："你姐姐被锁在房里，怎么能找你说话呢？"

大喜子得意地说道："是我把她放出来的。"

玉田又追问道："你偷到钥匙了吗？"

大喜子道："爸爸刁得很。他把钥匙老是装在裤袋上，我偷了几次也没得手。"

玉田更进一步追问道："那她怎么跑出来的？"

大喜子想了想，道："是她自己从窗户口跳出来的。"

王同新对玉田的这番细心，非常感兴趣，也微笑着，插嘴问道："既然是她从窗户跳出来的，怎么又是你放出来的呢？"

大喜子分辩道："你不知道，我家的窗棂，是木头做的。

"自从姐姐被锁在房里，爸爸还在窗上钉了四根钉子。姐姐对我说，你把窗上的钉子起掉。昨天下晚，爸爸被一个遭殃军找去挑水了，我便趁这个

空子,把四角四根钉子都拔掉了。她自然就能推开窗子出来了。"

说得大家都笑起来。

大成子走到根柱身边,轻轻地说道:"招弟跑出来了,为什么不下荡来,反叫大喜子来?"

根柱捏捏大成子的手,做个眼色。接着又问道:"你姐姐和你还讲了些什么?"

大喜子想了好大会儿,摇摇头。

根柱沉住气问道:"你再想想……"

大喜子敲了敲脑袋,忽然又叫道:"她好像还说过,要去刘河。"

根柱骤然一怔:"怎么,去刘河?"

大喜子肯定地补充了一句道:"对,是刘河。"

根柱沉思了好久,说道:"好吧,你回去告诉姐姐,我们今天下晚,再回丁家坝去。"

大喜子一听这话,全身都凉了,低下头,晃动了一下身子,喃喃地说道:"不,我不回去。我要当兵打仗。姐姐说,叫我来报信,要你发给我一支洋枪!"

根柱哈哈大笑道:"人还没有枪高,当兵?回去,待二年,长高些再来!"

大喜子把胸脯挺挺,大声道:"瞧!我哪里矮?抗日还分大小呢!大人能抗日,小孩为什么不能抗日?"

根柱道:"不是说你不能抗日打鬼子,你才十四岁,你父亲不会答应的。"

大喜子抢白道:"爸爸不答应,姐姐答应了。姐姐要是不答应,我才不来送这个信呢。我知道,你们看人下菜,根本没把我放在眼里。"

根柱忙向他赔个不是道:"不要生气嘛。不是我们看不起你,志才三叔,不让你姐姐出来抗日,还能准许你出来打鬼子?这不是给我们出难题吗?"

大喜子道:"他不同意,有什么用?他能把钥匙挂在裤带上,也不能把姐姐和我挂在裤带上。"

二锁子道:"好!你爸爸算做了赔本生意。闺女没有锁住,儿子也搭上了。"

大喜子刚强地说道:"他要再不答应,我把二喜子也带出来。"

二锁子把大拇指一竖,叫道:"对,有志气!有决心!能打鬼子,我同意收你。不过,今后不能耍孩子脾气,你得听根柱哥指挥哩。"

大喜子噘着嘴道:"他不同意我打小日本鬼子,我为什么要服从他,我就不服从。"说着,往船头上一坐,鼓鼓嘴道:

"我不走,抬我也不走。"

根柱一看这个样子,只好向二锁子道:"你多嘴,同意收他,好,就交给你。"

二锁子道:"行!大喜子,小船划过来,跟我走。"

大喜子跳起来,叫道:"二锁哥,我服从你的。"

根柱向大家吩咐道:"今天,提早烧饭,准备上岸去。"

大家一听上岸,都非常高兴,赶忙把小船划开,各人回到各人的原地,连忙收拾东西去了。

根柱看看王同新,向玉田道:"玉田,你来一下。"

玉田又把小船划回来,系到根柱的船上。

根柱和王同新商议道:"你看这里边,不会有什么鬼吧?"

王同新道:"我是个外路人,不了解你们当地情况,邓志才为人怎么样?他的家庭是……"

根柱道:"和我们大家一个样,做了大半辈子长工,是个好人,就是脾性犟一点,脑子死些。"

玉田补充道:"还有个毛病,耳朵根子软,怕老婆,胆子小。"

王同新道:"他老婆的娘家,也是穷人家吗?"

根柱道:"这还用问,哪有富人家的闺女,会嫁给一个当长工的?都是穷人。"

玉田也说道:"他们家,亲戚姑舅,不是穷大龙,就是穷得裤子提不起来,和富人没关系。"

王同新想了想,又问道:"刘河离丁家坝有多少路?招弟在那里有没有亲戚?"

根柱道:"刘河到丁家坝,旱路七里,水路有九里,邓志才家与刘河没有亲戚。"

王同新思索了好久,说道:"看样子,中央军肯定是跑了。不过,这个行动很突然,我估计,他有两个可能,一个是对付我们的,把我们引上岸,来个回马枪,包围丁家坝,消灭我们。另一个可能是,两淮敌人出动了,把他们吓跑了。"

玉田寻思着道:"要真是日本鬼子下来,招弟一个姑娘家,不往荡里跑,还到刘河去做什么呢?"

王同新分析道:"也许她盯在中央军后面,去探听消息。"

玉田觉得也有道理,低下头,不再说话了。

根柱听了王同新的分析,在他的心里,想的只有一条,一定是日本鬼子下来，把中央军吓跑了。日本鬼子既然送上门了，那么，游击队杀鬼子的机会也到了。他焦急地问道："老王，你说怎么办吧？"

王同新笑笑反问道："你是队长，你说吧。"

根柱领会王同新的意思，毫不犹豫地站起身，把手一挥，下命令道："不吃饭了。二锁子的船领头，直奔刘河！"

大家一听去刘河，都"哦哦"地叫起来。

12

话分两头，现在再说招弟。

招弟白天，说通大喜子，撬开窗上的铁钉，准备晚上推窗逃走。可是，入夜以后，邓志才夫妻俩，好像有所觉察似的，一直在院子里，喊喊喳喳，说个不停，根本没有睡觉的意思。

月亮从东边升起，渐渐爬上柳梢了。外边的声音，还没有停。

招弟像只热锅台上的蚂蚁，急得在房里团团直转，心里在嘀咕：爸爸在院子里干什么？奇怪！她贴近窗户，静静谛听。哪知道，邓志才这时的心思，早已不在女儿身上。白天看到中央军在整理行装，生怕他们临走时出来抢劫。夫妻俩，这天晚上，把院子里的鸡窝掀去顶盖，从底下挖个地窖，埋下一口吃水缸，把全家的衣服、粮食和金银首饰统统藏到这口缸里，上边又盖上鸡窝。

夜深时，"喔喔喔……"紧急的哨子声，突然传进招弟耳朵，她不由一怔：半夜三更，哨子吹得嘟嘟叫，这又是干什么？奇怪，像要发生什么事了。

她侧着耳朵听了听，院子里没有声音了。

不多会儿，又听大门"吱呀"响了一声。招弟踮起脚尖，抠破窗户纸，两眼套着两个小洞洞，偷偷看着大门。只见一个黑影子，轻快地顺着墙根，溜出门去。这个黑影不是别人，正是她的晚娘杨氏。

邓志才手里拿着铁锹，跟在杨氏背后，在杨氏溜出门后，赶紧又将门掩起来，握紧锹柄，贴在大门后边，好像准备和谁拼命似的。

片刻工夫，杨氏气喘吁吁地跑进来，焦急地说道："快，快躲到屋后草堆洞里去，中央军要走了，到处在抓夫挑东西。"说着连拖带拉，把丈夫拖出大门去。

招弟一听中央军要逃跑，好像一块肥肉要从手边溜走似的，焦急万分。她站上床头，用肩膀对窗棂一扛，只听"咔嚓"一声，窗户棂被撞折了。她不管三七二十一，跃身飞出窗子。

她跑到大门口，正想拉门出去，忽听杂沓的脚步声，由远而来。一个女人撒娇地叫着："我的天哪，我把香水丢啦，叫勤务兵给我去找！"

另一个粗暴的声音："好太太，快走吧！日本人正在向刘河方向前进，还想什么香水、雪花膏，还要命不要？"

吵闹声和脚步声，从大门外面，不断涌过去。

事实证明，中央军确实是逃跑了。想到这里，她转回身来，走进大喜子房里，推醒弟弟道："大喜子，快，快起来，划着小船，下荡去，报告根柱哥，中央军跑了。"

大喜子睡得蒙蒙眬眬，披起衣服，眼睛还没睁开，问道：

"叫我报信去，你哪？"

招弟补了一句："快去，我要到刘河去。"说罢，慌慌张张，披了件衣服，奔出大门。

这时，四面八方的庄子上，零零落落地听到鸡叫声和犬吠声，看起来，附近的庄子，都不很平静。招弟忘记了前边是否有危险，她满头大汗地跑到刘河，天已大亮。招弟停下脚步，打量着刘河。

刘河是个小小的集镇，河北沿岸是街道，河南岸到了集西头上，还有条南北河，是个丁字形。集西半里路的地方有座木板桥。集东就是望不到边的草荡。

这一带地区，是水网区，因此田里长年积水很深。

招弟站在大桥上,放眼望去,但见下地犁田的人,扛着犁,拉着大水牛,正要下地。看着这不切景象,看不到有日本鬼子来的迹象,心里暗暗骂道,中央军真是活见鬼,白日说鬼话,日本人的影子还没看到,就吓得屁滚尿流。她继而一想,不对,要是鬼子没有来,中央军也不会逃跑啊!

正在纳闷时,忽然正前面响起一声大炮。一声炮响之后,接着机枪也响了。西南二里多路的一个庄子上,哇哇地吵叫起来。

接着,男男女女,驮的驮,抱的抱,拉着牛,赶着驴,提着鸡子,抱着鸭子,背着包袱,拖着猪羊,哭哭喊喊,奔出庄子,向东南逃命。

在机枪大炮声中,庄子上冒起一阵浓浓的黑烟。房屋起了火,红红的火苗,渐渐升高,西南半边天,霎时烧红了。

那些逃命的老百姓,不少人在哭喊声中倒了下去。

从火海中,冲出三匹大洋马,在逃难的人群里,横冲直撞。那些野兽,在马身上,挥舞着马刀,乱砍乱劈。

招弟贴在一棵大树背后,观察着这一切,她心里的怒火在燃烧。她要立即向根柱去报告这一切,要狠狠打击这群野兽,为那些死难的人报仇。

当她返回大桥时,这座三尺来宽的木桥,已被挤得水泄不通了。

日本鬼子的大队人马,已离开庄头。轰隆轰隆的大炮声,越来越近。

招弟沉着地站在桥头,帮助难民向后转移。她对着拥挤的人群,不住地喊道:"小妹妹,不要挤,小心掉到河里去了。……大嫂子,让那位大妈过去……前边那位大哥,把大爷扶一把……不要慌,慢慢走,日本鬼子离得还远啦!……"

等逃难的人群过桥后,招弟才最后一个过了桥。

她匆匆忙忙地跑到了刘河东沟头,远远地看到了根柱的船队。只见年轻英俊的根柱,挺着胸,握着枪,威风凛凛地站在船头上,正指挥着队伍前进。招弟不由得心花怒放,兴奋地叫喊起来:"根柱哥,你们来啦?"

根柱抬头一看,见是招弟,惊喜地叫道:"招弟,是你啊!现在敌人到了哪里?"

招弟跑到岸边,待根柱的小船拢近岸旁,才回答道:"前边的马兵,刚才过了钟家墩子。"

根柱离开船头，一个箭步，飞跃上岸，接着问道："有多少马兵？"

招弟答道："我看到的，只有九匹马。"

根柱又问道："多少步兵？"

招弟道："前队刚到钟家墩子，后队还看不到尾，不知有多少。"

小船一只接着一只，都靠了岸。根柱问王同新道：

"你看怎么办？"

王同新道："你说呢？"

根柱道："我说，送上门的财礼，还能让它跑掉！打！"

二锁子和张忠，同时跳起来高喊要打。刚参军的大喜子，也跟着呐喊助威。

王同新看看身边的玉田，问道："玉田，你看呢？"

玉田略加沉思，说道："我说，这一仗非打不可。我们天天讲，我们是人民的军队，是保家卫国、抗日打鬼子的。今天，亲眼看到日本强盗，在烧杀行凶，不狠狠揍它，往后怎么向老百姓交代？"

二锁子道："打，揍死这些孬种！"

张忠叫道："打，豁出去啦！"

根柱攥紧拳头道："对！头可断，血可流，决不让日本强盗，爬过刘河大桥。"

王同新沉思了好久，又问根柱道："这座大桥，我们有把握守住吗？"

根柱坚决地说道："不管鬼子有多少，不管机枪大炮多厉害，今天，死也只能死在桥上，不能让敌人过来一步。"

王同新接着说道："我和大家一样，要打！但是，我们决不能蛮干。因为眼前的情况是，敌强我弱，力量悬殊，所以只能智取，不宜硬拼。"

根柱道："我已经想好了，没有问题。"

王同新问道："你准备怎么打？我们的人怎么布置？"

"轰，轰！"敌人的小钢炮越打越近了。

根柱听到这些炮声，只是皱了皱眉，没有丝毫慌张。他拿着旗杆，沉着地画着，画一道，说明一句："这是一条东西河，到了这个地方，又有条南北河，就成了个丁字形。这里是集，正好在丁字背上。这个地方有个大桥。……"王同新道:"这座桥距离集上有多远?"

根柱道:"大半里路。"

王同新道:"这是一座什么样的桥?"

根柱道:"是三块木板桥。两头的木板是钉牢的,中间高出一块是活的。"

王同新点点头,表示已经明白了。

接着,根柱又把兵力布置方案,对王同新说了一遍。

王同新思索片刻,向根柱道:"好!你下命令吧!"

根柱看看大家,把手一挥道:"二锁子的小组前边走,玉田小组在后边,大喜子在这里看船,王同新压阵。大家看着我的旗子,红旗升起,桥断,开炮。红旗向东指,各人顺着原路,到这里上船。大家注意,桥断炮响。桥不断,炮弹落在头上也不许动。"

大喜子叫道:"我也要到前边去!"

根柱的手掌,好似一张大刀,在空中往下一劈,斩钉截铁地说道:"谁不听命令,定按军法办事!"

"轰,轰,轰!"三颗大炮弹,落到刘河集背后,爆炸了,升起三朵黑黑的浓烟,吞没了这个小小的集镇。

根柱把手一挥,指向那黑黑的烟雾,坚决地命令道:"冲上去!"

二锁子小组三个人端着三支步枪,玉田小组的三个人,扛着三门土炮,迅速地向桥头移动。很快地就在桥的两边埋伏下来。

敌人沿途烧杀抢劫,没有遇着抵抗,行动非常缓慢。

九匹东洋马,来回奔跑,担任尖兵任务,正在侦察前进。

一个日本兵,扛着太阳旗,迈着正步,在大队前边开路。旗子后边,紧紧跟着的是三路纵队,并排前进。三步一炮,五步机枪响,那种"武士道"的威势,确有几分吓唬人。

三匹大洋马,猛冲到大桥头上,战马打着响鼻,敌人耀武扬威地向对面逡巡了一阵,又掉转马头,奔驰回去。

大队人马,渐渐地来到河岸上。

前边的一个军官,骑在马上,横立桥头,举起望远镜,向对岸看了好半天，放下望远镜，转过身看看，后边的大队人马，已簇拥到河口。军官回视了一下，拔出腰中的指挥刀，举在空中挥舞了几下，带起马头，正想冲过桥去，只见眼前有面小红旗，倏地一晃，桥的两边，几道火光闪了一下，猛然一声怒吼，厚厚的木桥，断成三截，陷了下去，中间一截，飞向天空，落入河心。

"轰！轰！轰！"三声炮吼之后，那黑乎乎的炮口，喷出的铁砂，好似一阵冰雹，落到日本鬼子的钢盔上，铛铛铛直响。接着，"砰砰砰"的步枪子弹，像雨点一样，撒了过来。"杀！杀！杀！"春雷般的冲杀声，好似天兵凌空飞来，吓得敌人丧魂失魄。

骑马的军官，在玉田的大炮声中，第一个掉下河心。他手中的指挥刀，腰间的手枪，随着主人一起落下河里。连屁股下的坐骑也四腿朝天，随着激流向东而去。

簇拥在桥头的日本鬼子，猛然遭到这场剧烈的狂风暴雨，都像芦苇把子似的纷纷倒下。霎时，全军溃散，哇哇乱叫，狼奔豕突遍地奔逃。

日本强盗，自从进攻两淮以来，没有遇到过抵抗，也没听到过这种炮声，更不知这是一种什么型的大炮。只觉得铁砂一出炮口，就好像一把铁扫帚似的扑面扫去，吓得日本强盗直往两旁淤泥地里钻。那些貌似强大的敌人，如同草荡里的野鸭子一般，把头埋到淤泥里，动也不动。待一阵暴风雨过后，这群野鸭子又冒出头来，仓皇地架起机枪，朝着对岸胡乱扫射。

敌人的大炮也跟着响了。

"咯咯咯，轰，轰……咯咯咯，轰，轰，轰……"

13

当王同新和玉田等领着人,埋伏到刘河大桥两边时,丁根柱也脱去棉衣,只穿一身单小褂裤,将红旗往后腰裤带上一插,跳下河,迎着逆流,一个余子,抢先到了桥下,攀登木桩,跳上桥柱,将肚子一吸,贴上桥板。等敌人刚刚准备冲过大桥时,他先把手中的红旗在半空中一闪,接着,用肩顶着当中那块活动的桥板,用力一顶,把鬼子的指挥官掀下大河。

当他看到敌人的指挥官掉下河里,敌人的兵马混乱了,又指挥玉田的大炮,紧接着,狠狠地轰了两炮,打得敌人鬼哭狼嚎,哇哇乱叫。当敌人从丧魂失魄中清醒过来,机枪张嘴了,大炮响起来,他把红旗一摆,指挥队伍,迅速转移。丁根柱利用转移的短暂时刻,一个余子,潜入河底,抢到桥下,捞起敌人的手枪和指挥刀。又一个余子,在水下潜行了半里多路,跨上敌人的东洋马,顺流而下,进了草荡。

停在荡口的五只小船,在他的红旗指引下,开进草荡,胜利会合。

敌人的大炮、机枪发疯似的轰了半天,因为不知虚实,到底没敢渡过河来。中午,敌人的飞机也赶来了。天上飞机炸,地下大炮轰,断桥周围,不知丢了多少炸弹。一直打到下午,突然,机枪哑了,大炮停了,天上的飞机也飞走了。

二锁子和大喜子,正在拿着刺刀剥马,听听炮声哑了,突然惊叫起来:"根柱哥,你听,敌人是不是走了?"

根柱和王同新的小船,停在荡口,监视刘河,防备敌人渡过河来。听到二锁子的叫声,站起来望了望答道:"看样子,像是撤退了。"

躺在船上的张忠,猛跳起来道:"敌人退了,咱们去追!"

根柱挥手拦阻道:"不能冒失。要防备敌人的回马枪。还是先去个人,探探消息再说。"

二锁子停下刺刀说道:"笃定没错,鬼子夹着尾巴逃跑了,不能放掉他!"

玉田持重地道:"胜利已经到手了,就得走稳棋。还是去探探好。"

张忠自告奋勇道:"好!我去探。"

二锁子争着喊道:"我去,我去!"

根柱道:"你们这两个人,都是城隍庙里的鼓槌,正好一对。不成,得派个细心人。"

大喜子抢着说道:"派我去!"

大成子把他一拦,取笑道:"还有我哩!怎么能数到你?麻线还差八尺长。"

大喜子争辩道:"我人小,腿快,路熟,正合格。"

大成子慢腾腾地说道:"你是仨钱买条毛驴,自夸自骑。要是让我去还差不多。"

根柱想了想说道:"探消息这个差使,还是得招弟去。今天这一仗,亏得她的消息探得准。消息不准,就要误事。"

招弟听到这些夸赞,不觉有点脸红。她正要站起身,准备接受任务,父亲邓志才突然从沟口走出来。邓志才离得很远,就兴高采烈地叫道:"我就猜测着,你们准在这里。根柱,快回去,乐群来了,他在找你。"

根柱诧异地道:"乐群,乐群从哪里来的?"

邓志才道:"今天五更头,遭殃军前脚走,他后脚就到了。屁股没沾板凳,就打发我下荡,来找你们。"

二锁子问道:"那你怎么现在才来?"

邓志才道:"看你说的,机枪大炮,打得呜呜叫,头顶上飞机嗡嗡响,炸弹乱甩乱掉,谁敢来啊?"

大成子笑道:"大约三叔是害怕了?"

邓志才也笑道:"我是没有怕。好多人挤在荡边草棵里,动也不敢动。我就坐在小船上,鬼子的飞机,在我头上直绕,我也不在乎。"

张忠取笑道:"你没看见飞机上的炸弹吗?"

邓志才道:"嘿,可看清楚了。是黑乎乎的家伙,翅膀上还有块红膏药哩!其实呀,它也只能吓唬胆小人,不能吃人。绕了半天,还不是走了。"

根柱问道:"你看到日本鬼子走了吗?"

邓志才道:"走啦,抬着四十三个死尸,哭着鼻子,奔淮上去啦。"

二锁子故意说道:"我才不信哩!你躺在芦柴棵里,也没长千里眼,怎么能看到鬼子抬的死尸呢?"

邓志才争辩道:"这还能假?好些人都看到了。用麻袋装的,四十三个,一个也不少。"

大成子笑问道:"三叔还看到什么?"

邓志才道:"听说根柱头一枪,就撂倒鬼子一个当官的,连马也滚下河,流下荡里了。"

大喜子指指草棵里的死马,神气地说道:"你看,这不是嘛!我和二锁哥,正要剥它哩!就是这匹大洋马呵!"

邓志才看看水里的死马,对着根柱说道:"今天亏得你们,顶住了日本鬼子。不然,丁家坝可要遭殃了。"

张忠拿过日本鬼子的指挥刀,在邓志才眼前亮亮,说道:"你瞧瞧这个家伙,正是那个当官的送来的。"

志才看看那把闪亮的指挥刀,不自由主地竖起大拇指,夸赞道:"根柱是这个!我们丁家坝,可出了能人啦!我们大家脸上都有光呵!"

根柱忙分辩道:"三叔,你说错了。日本鬼子的军官,不是我打的,是招弟开枪打的。她才是真正的英雄!"

大喜子抢嘴道:"爸爸,还有我一个!我看见他们冲上去了,我也偷偷溜到大桥头,'砰砰'放了两枪,撂倒了他好几个!"

招弟看见父亲,想起被关的事,心里还有气,现在见弟弟在夸功,就借题发挥道:"你算什么?邓家祖坟上也没长那棵蒿子。黄毛伢子,也不上秤称称,还能打日本鬼子?"

李进这个从来不多说话的人,也觉邓志才做得太过分了,跟着插上一句道:"黄毛伢子,也没败坏邓家的门风!他是为祖上争光,为甚不能当英雄。三叔,你说是吗?"

志才被这一阵抢白,霎时满面通红,只是讷讷地应着:"嗨,嗨嗨……"

二锁子还觉不够味,又跟上补了一句道:"三叔,我们这班人,确确实实是亡命之徒,天不怕,地不怕,小心牵连了你啊!"

根柱把手一扬,阻止二锁子道:"行啦,少说两句,没有人说你是哑巴。招弟,开船!回丁家坝!"

"好!开船!"众人一声高叫,纷纷背起枪,摸过桨,开动自己的小船,向丁家坝驶去。

大喜子跟在根柱身边,扛起胜利的红旗,立在船头上,摆了几摆,突然转身叫道:"二锁哥,马,马,马肉还没吃哩!"

二锁子往后一指,笑道:"你瞧,船后梢上拖的是什么?今天晚上,还要拿它来吃庆功酒哩!"

五条小船,在胜利的欢笑声中,一字排开,煞是威风。远远看见,丁家坝河口,男男女女,有好几百人,围在那里,欢迎他们。

于乐群站在高高的土墩上,看到五条小船,在那金黄色的水面上,飞也似的,直向丁家坝驶来,情不自禁地举起手,挥舞着拳头,高声喊道:"乡亲们,我们的子弟兵回来了。这是我们草荡里第一支抗日游击队。我们去欢迎亲人们去!"

人们潮涌似的,向前挤着。不少人在纷纷议论:

"噢!看到了,看到了。前面那条船上站着的,就是根柱!"

"是咱小柱子吗?让我看看。"

"对,对,是他!……别挤啊!……瞧,二锁子站在根柱旁边!"

"不,那是大成子。"

"不,你眼花了。他还打着旗子哩!哎呀,原来是大喜子!"

"噢!瞧末尾那个船上,是招弟。三叔也在她的船上。"

"三叔这下恐怕要吃排头(批评)了。"

"哎哟!邓三家这两个小崽子,生得不赖啊!都比他老子有胆量!"

招弟的晚娘挤在人群里,听到人们的夸奖声,脸上好像也陡然添了十分光彩,独自念叨着:"这两个小东西,旁的不行,弄枪打仗,还真是个把式。"

于乐群看见群众的情绪很高,进一步说道:"乡亲们!今天的事实,证明了一个真理:打仗不能光凭飞机大炮,还是要看人齐心不齐心,勇敢不勇敢。日本鬼子五百多人,来到刘河,天上飞机炸,地上大炮轰,又能怎么样呢?我们丁家坝的英雄儿女们,只凭三杆土药炮,几支步枪,就把他打败了。打得日本鬼子像乌龟王八一样,缩起了头来,抬着四十多个死尸,爬回淮安城去了。事实告诉我们,只要我们水荡周围几十万人民群众,在共产党和毛主席领导下,团结起来,组织起来,武装起来,我们这个水荡,就是铜墙铁壁。不管日本鬼子,有多少飞机大炮,有什么武器,也是打不垮,攻不破的……"

小船靠近了。王同新听到岸上的呼喊声,也领头喊道:"乡亲们,我们全体动员起来,打鬼子去!"

船上的青年们齐声呼喊起来。岸上的人们,也纷纷扬手,高声喊叫。水上,岸上,热情澎湃,欢欣鼓舞。

根柱腰插手枪,肩背长枪,威风凛凛,立在船头上,在春雷般的欢呼声中,跃身跳上河岸,握住于乐群的双手叫道:"到底把你盼来了。"

于乐群道:"我迟来了一步,没有赶上你们的战斗。"

王同新跳上岸,抓住于乐群的另一只手,高兴地叫道:"乐群同志!可看到你了。"

于乐群看着王同新,惊讶地问道:"你怎么到这里来了?"

王同新道:"你问问根柱就知道了。"

根柱诧异道:"怎么!你们早就认识了?"

于乐群笑道:"我叫你到大崔家,找一个王铁匠,就是他啊!你还不知道?"

根柱问王同新道:"你不是个铜匠吗?"

王同新笑道:"我这个手艺,根据工作的需要,时常改行。"

根柱拍打着道:"你这家伙,怎不早告诉我,你就是大崔家的王铁匠?"

王同新笑着回答道:"我倒不是怕你去领赏。这是党的纪律,不允许我发生横的关系。没有上级的同意,我怎么能告诉你真实情况呢?"

根柱狠狠地又在王同新的背上打了一拳,道:"你这家伙,真是守口如瓶,连一点风也没漏出来……"

大喜子站在船上对着妈妈拼命地叫道:"妈妈,快回家去拿根绳子来拖马啊!今天晚上,请大家来吃马肉!"

欢迎子弟兵的人们,早围上来,闹成一片,谁还能听到大喜子的叫声啊!

14

丁家坝尽东头有个祠堂,正好变成根柱的营房。

这天晚上,全庄男女老幼,团聚在祠堂里,吃了马肉,喝了胜利酒,鼓乐喧天,又唱又跳,一直闹腾到大半夜才散。

根柱送走了乡亲父老,关好大门,回到正厅,一看,只剩下乐群与王同新二人,坐在煤油灯旁,静静抽着香烟,便走过去,向乐群道:"别人有家,一个个都回家去了,我们三个怎么办?"

乐群见根柱对这种散漫现象并不觉得惊异,也没有当回事儿,心里的确有点不安,就反问道:"你说怎么办呢?"

根柱并没有想到整个队伍的问题。目前他只考虑到三个人的住宿问题。他接着说道:"我看,院子里有现成稻草,就在这个正厅里,打个地铺,马马虎虎对付过去了。反正天也不冷了。"

乐群思索一下,扔去手中烟尾,站起身,道:"好,那就干吧!"

根柱端过煤油灯,在地上照照,对王同新说道:"同新,你来扫地,我去抱草。"

三个人,一起动手,不大一会儿,地上已叠起厚厚的稻草铺。他们衣服也没脱,枕上枪,并排躺下去。

根柱往铺上一躺,三句话没说完,便打起鼾声。

乐群见根柱睡着了,转过身来,对王同新道:"组织上调你到孙家墩去,要你通过你表弟余友才，打入敌人内部，建立联络站，怎么去了之后，连个消息也没有，反跑到荡里来了？这两天真把人都急死了，还以为你出了事哩！"

王同新道："我进了孙家墩，还没有立稳脚跟，就被宋日土当作政治嫌疑犯抓起来，关进了大牢，这时怎么能传消息呢？不是遇到根柱，恐怕现在还被关着，我们能不能见面，都很难说哩！"

乐群问道："这么说，余友才这条线，还没有接上？"

王同新道："我被捕以后，才与他接上头。不过，他是个班长，也无能为力。"

乐群震惊道："那么这条线，已经暴露了？"

王同新道："这一点我是想到了。我们一直装作不认识。他在暗地里，还能通一点消息。我们这次能够胜利越狱逃走，他在暗中，也帮了很大的忙。"

乐群问道："你看这条线靠得住吗？"

王同新道："我相信不会有问题。"

乐群又问道："在那里没法联系，到了荡里，也该早点想法联系啊！"

王同新道："说老实话，我一面在想办法和你联系，另一面，见他们有几根枪，就不想走了。总想把这支队伍建立起来，再去找你。"

乐群道："现在形势，发展很快，西至运河，东到黄海，抗日红旗，到处升起，淮河两岸，我们党已建立起十几支抗日游击队……"

王同新插嘴问道："我们这里呢？"

乐群道："上级党委要我们利用这个湖荡，赶快建立革命武装。"

王同新道："现在不是已经建立了吗？而且旗开得胜打了一个大胜仗。"

乐群道："我说的不是这一支，而是几十支几百支游击队。也不是这八九个人，应该把草荡周围几十万人民群众，全部动员起来，武装起来，建立起革命政权。"

王同新道："建立革命政权？……"

根柱突然翻过身来，喃喃地说了几句话，又睡着了。

乐群接着说道："没有武装，就没有革命。有了武装，没有政权，也很难建立起稳固的抗日根据地。"

王同新关切地问道："根据上级党的意图，你说，我们下一步，应该做些什么工作？"

乐群扳着指头，一条一条地说道："首先一条，我们的队伍，要获得巩固。你看看，这八九个人，一上岸，就成了一盘散沙，还算得上什么革命部队呢？第二条，抓住刘河这次伏击战活的事实，向群众展开宣传，大讲革命道理，提高群众抗日信心。号召群众组织起来，拿起枪杆，抗日打鬼子。第三条，是建立党的组织……"

根柱突然叫了声："冲啊！"从草铺上骨碌坐起，抓过枪，就要向外冲。

乐群和王同新紧紧抓住他："柱子，柱子！"喊了两声。又在他脑门上拍了一巴掌。根柱愣了好半天，有点醒了。他把手一摆，笑道："我在发吃怔（梦话）。"

乐群问道："你打算到哪里去？"

根柱不好意思地笑笑，说道："我做了个梦，宋日土包围了丁家坝，要我们把枪支缴给他，连日本人的指挥刀也要缴给他。我不答应，就要领人冲上

去，打他。"

乐群拿出烟卷，给王同新一支，自己拿了一支，伸到灯头上，吸着了火，富有深意地问道："这不过是个梦。要是宋日土真的来了，把我们包围起来，你怎么办呢？"

根柱道："我打他个龟孙。"

乐群道："你一个人去打吗？"

根柱笑道："怎么是一个人？我们不是有了十个人了吗？"

乐群举手向周围指指，问道："你看看，屋里除了我们这三个，哪里找得出第四个人来？"

根柱不以为然地说："这怕什么！门外的钟一敲，大伙儿马上就来了。"

乐群道："要是我们，还在这个草铺上做梦的时候，敌人已杵上大门，你那个钟还能打得响？"

根柱一听乐群的口气，有点不大对味，很快便意识到，这是对他的批评。他低下头，思索好大会儿，怀疑地问道："也许我做错了？"

乐群伸出手，亲切地在根柱肩上拍拍，和他并肩坐到草铺上，温和地说道："柱子，你听说过吗？我们的红军，能够胜利地完成二万五千里长征，靠的是什么？主要的是靠毛主席的领导和战士的自觉纪律。"

根柱重复了一句："纪律，纪律！"他倏地站起身来，抓过枪便向外走。

乐群惊问道："你要干什么？"

根柱道："不行，我得去，把他们一个个都找回来！"说着又要往外走。

乐群严肃地唤了一声："柱子，回来！"

根柱从来还没有遇到过这样的声音叫他。他周身肌肉一颤，皱皱眉毛，转回身，把枪往铺上一扔，在草铺上坐下了。

王同新一看根柱的脸色，知道他这时，心里一定非常难过。王同新想想自己是个党员，一直没有正视这个问题，心里更加难受。他自我批评地说道："这件事情，不怪柱子，应该怪我。在荡里好多天，我没有抓住机会，对大家进行纪律教育，这是我没负起责任。我总觉得，他们这些人，都是农民……"

乐群插嘴道："他们是农民。但当他们已经拿起枪杆，和敌人战斗时，他们就是革命战士了。我们要抓紧教育，要每个人了解，为什么要拿起枪杆，为什么要革命？柱子，我问你，你为什么要革命？"

根柱答道："我要为母亲报仇，为玉莲报仇，为乡亲们报仇！"

乐群又问道："报了仇以后怎么办？"

根柱瓮声瓮气地答道："仍回家务农呗！"

乐群禁不住笑出声来。他很自然地把手搭到根柱的肩上，温和地说道："柱子，今天晚上，不是哥哥要批评你，有些问题你的确想得太少了。"

根柱道："我本来就是个大老粗嘛！"

乐群道："不！你现在不但是个战士，还是这支队伍的领导人。人家都叫你'队长、队长'的，你要多想想自己肩上的责任。"

根柱分辩道："才没有人喊我队长呢！谁都叫我'根柱哥'。"

乐群道："先不说这些称呼吧。你说咱们这支队伍，是不是革命的部队？"

根柱争辩道："当然是。要是不革命，我忍饥受饿，冒着生死，困在荡里那么多天，是为了什么？"

乐群道："这就对了。一个革命战士，就不只是为着母亲、妻子报仇，为着眼前的利益，而是为着广大人民利益而战斗，为着崇高的理想而战斗！伙伴们跟着你，你就要把他们好好领导起来才行。千万不能放松这个担子。"

根柱嘟着嘴抱屈地说道："你还说哩！你什么时候对我讲过这些话。你连自己是共产党，还老是瞒着我哩！"

乐群哈哈笑道："你批评哥哥犯了主观主义的毛病，我接受。可是我提的问题究竟存在不存在呢？今天，你们打胜仗，我到这里，一没祝贺，二没表扬，三没鼓励。相反地，这也不是，那也不是，讲了好多，你觉得是不是有点泼冷水呢？"

根柱道："我也不需你来灌米汤。我是有毛病嘛！头一条，我就没有想到，我们已经是一支革命的队伍了，要懂点革命道理。再一条，我是没有想过，在我们队伍里，定个纪律。刚打了个胜仗，就回家睡觉，把敌人忘掉了。这些都是我的错，我以后改嘛！"

乐群道："好好，今天晚上，我们就谈到这里。看看明天的工作，我们怎么进行吧！"

王同新道："就根据你谈的那三点，做个安排吧！"

根柱也没听到乐群提出了三点什么，冲口而出道："我想了一条，是不是把刘河打鬼子的事，编成快板小调，到各庄各村去演唱，人们都爱看抗日打鬼子的表演哩！"

王同新惊讶地道："你还会编戏编唱本！"

根柱道："我在船上，已想了一点，找二锁子他们凑凑，明天一早，就叫招弟他们去唱，去演。集上的文明戏谁没看过。还都会唱哩！我看趁热打铁，现在就找他们去！"说着，站起身，抓过枪，走了出去。

王同新急忙叫道："柱子，你等等。"可是根柱已走远了。

乐群道："不要喊了，由他去吧！"

王同新看看根柱远去的背影，向乐群道："柱子是个好小伙子。勇敢，直爽，有朝气，有魄力，思想也单纯。"

乐群道："也正因为思想太单纯，对革命的艰苦性、复杂性还没有足够的认识。"

王同新道："说真的，他们在草荡里，二十多天，一粒粮食没有，大冷天，下水掏藕摸虾，就靠鱼虾生活，也够艰苦的了。"

乐群道："照你这么说，他半点毛病也没有了？"

王同新道："要说缺点，是有点野性。"

乐群思索一下，说道："好，不谈这个了。你抓紧休息一会儿，天一亮，你就得走。"

王同新诧异道："我？要走？"

乐群道："目前，两淮的敌人，集中在运河以东，'扫荡'淮、涟、阜，我们必须趁着中央军溃散的机会，积极深入敌后，宣传抗日，发展武装，展开抗日活动，建立抗日根据地。你们这一仗，打得很好，也正是时机。因此，你必须赶到淮河北岸去，把这里的胜利消息，立即传过去，鼓舞群众信心，争取在淮涟地区，大规模地干起来。"

王同新听完指示，沉愣了好久，问道："我的工作呢？"

乐群道："你的工作，由那边组织另行分配。"

王同新有点恋恋不舍地道："你是了解我的，搞武装这一行，我还是新手。说老实话，我没有做过群众工作，常常顾此失彼。"

乐群道："我们不知道的事情多哩，不会就学嘛！一定要学会做群众工作的本领。比如说，明天要展开抗日大宣传运动，这不是单纯歌颂我们的胜利，是要通过刘河的胜利，以活的事实，去教育群众，提高群众的政治觉悟，加强群众的抗日信心，在荡边掀起一个轰轰烈烈的抗日热潮，扩大抗日游击队，这才是我们这次宣传的真正目的。"

王同新沉思了一会儿，说道："在离开这里以前，我有个建议，应该解决根柱的党籍问题。"

乐群道："你认为他具备一个共产党员的条件吗？"

王同新道："他现在虽然还没有入党，可是他的心，他的行动，已经是一个共产党员了。"

乐群道："你对他的估价，似乎太高了一点吧。"

王同新道："不！他为着找寻共产党的组织，三次冒着生命危险，到处奔走去找你。被敌人抓去，抬石板，坐监牢，都没有动摇他的信念。这是很可贵的品质。他组织武装，抗日打鬼子，表现得非常坚决。我认为他够个党员的条件。"

乐群略加思索，说道："你这意见好嘛！你可以把情况写下来。"

王同新道："不！组织上相信我，我愿做他的入党介绍人，向党负责。"

乐群道："只是根柱一个人吗？"

王同新道："我想，玉田，二锁子，招弟，还有张忠，这几个人，都可以了。他们都很想早一天见到党……"

在他们的谈话中，不知不觉，东方已现出霓红色的彩霞。

15

刘河伏击战，打败日本鬼子，这个胜利消息，就像一声春雷，震动了淮、涟、阜地区的广大群众，人们欢欣鼓舞，奔走相告。群众要求组织起来，拿起枪杆，抗日救国保家乡。江淮地区的田野乡村，到处掀起了汹涌澎湃的抗战怒涛。二锁子和张忠等人，心里像升起一团烈火，不住燃烧，到处找人商量打鬼子的事，哪里还能回家去睡觉呢？

入夜，邓志才家里的三间草棚，男女老幼，热气腾腾，把房子挤得快炸开来。

二锁子站在屋子中间，就着灯光，拍拍手中枪，向众人夸耀道："你们看，这根枪，就是你们说的那个五子钢，一打五响，可厉害呵！今天上午，在刘河口，我三枪就打倒四个日本鬼子。颗颗子弹，穿心而过！"

邓志才惊异道："听说日本鬼子身上都穿着铠甲，刀枪不入，你这个枪，怎能这么厉害？"

二锁子把枪机一拉，只听"哗啦"一声，从枪膛里跳出一颗子弹。二锁子捧在手掌上，送到灯旁，说道："三叔，你看，这颗子弹，不是铁砂呵！是钢做的，不用说铠甲了，就是钢打铁铸的，也是一穿而过。"

邓志才接过子弹，就着灯光，细起眼睛，看了好大一会儿，又放在手掌上，试试重量，说道："这不是个独子嘛，你怎么三枪能打倒四个小日本鬼子呢？"

二锁子道："三叔，你没有瞧见，今天早上，日本鬼子像一群猪似的，拥到桥头上，我端起枪，对准人堆，'叭，叭，叭'三枪，我只看到倒下四个，其实啊，最少也打中了八个。"

邓志才的老婆，年约四十五六，伸出芦柴秆般的手，好奇地说道："拿来给我看看。"

邓志才将子弹放到老婆手里，随嘴说道："嗯，你也要看，有什么好看的，不就是这么个东西。"

招弟娘尖起手指，把子弹放在掌心里，对着灯光照照，问道："药包放在哪里？看不到嘛。"

邓志才觉得老婆太笨，指点地说："那是铜管，药装在里边，你怎么能看到呢？"

招弟娘对丈夫的声音，并不觉得生硬，还是一本正经地夸赞道："哟，就像笔尖一样，要是能开花，钻进人肚里，炸开来了，把日本鬼子一个个都炸成肉酱，那多好呢！"

张忠挤上去，送给她另一颗子弹，说道："三妈，你再看看这一颗。"

招弟娘接过子弹，放往手心，量量长短，比比粗细，侧着脸说道："这两颗不都是一样吗？"

张忠道："三叔给你那颗，是白头子，它的名字叫穿山甲，是穿洞的，不管什么也能穿过去。这颗是黄头子，根子上还戴一道绿箍，是开花弹，打到人身上，骨头都能炸成面粉。"

招弟娘捧着两颗子弹，又仔细地比较了半天，对二锁子说道："二锁子，你下回打日本鬼子，专挑这个能开花的打，把日本鬼子给炸烂了，炸化了，炸成稀糊糊，也为三妈解解恨……"

大喜子突然从后面钻出来大声叫道："妈妈，快，快！子弹上冒烟了。"

招弟娘浑身一震，脸色苍白，惊叫道："啊！它会炸起来……"

大喜子叫道："你快扔掉，小心把手炸啦！"

招弟娘捏着子弹，忙喊道："二锁，二锁，给你，你……快点啊！"

"哈，哈！哈……"屋子里发出一阵哄笑声。

二锁子伸手接过子弹，往弹夹里一放，笑道："你放心，炸不了。大喜子在骗你。"

招弟娘的鼻尖上，冒出几粒汗珠。她扬起手，在大喜子头上，亲切地拍了一巴掌，骂道："你这个小猴子，淘气鬼！你也来骗妈妈。"

大喜子嘻嘻地笑道:"我哪里骗你,就是能炸嘛。你没听到,今天早上,我在刘桥,一枪打出去,'叭攻',那些小日本鬼子,一个个像芦柴捆子一样,纷纷倒下去,就是它炸死的嘛。"

二锁子道:"瞧你吹哩,那是你打的?那是玉田哥用大炮轰的。"

大成子道:"对啦!说来说去,还是玉田哥的大炮管劲,一炮开出去,像天塌下来半边似的,打得小日本鬼,磕磕绊绊,直往淤泥里钻。"

大喜子向妈妈眨了眨眼,调皮地说道:"妈妈没对你们讲过,小日本鬼子,天上有飞机,地下有钢炮,一打好几十里,我们这些土药炮,怎么能和日本鬼子去碰呢?这不明明拿鸡蛋去碰石头吗?"

他娘把眼一瞪,说道:"这话是我说的?嘿,小猴子,你也来寻妈妈开心。那是遭殃军讲的,东洋鬼子,有飞机,有大炮,还有什么机……噢,机关枪。一打几十响,我们打不过人家。"

大喜子又反问道:"你没说,为什么叫爸爸把姐姐找回来,还把姐姐锁在家里,这不都是你的主意?"

这句话把娘问得脸红了,恼羞成怒地反驳道:"我哪里不准她去?那是宋日土贴了告示,说根柱下荡当土匪了,谁敢违抗人家?"

玉田坐在邓志才旁边,一直在抽烟;这时见招弟娘真的发怒了,忙接过嘴,把话题拉开,说道:"三妈,你现在还怕宋日土吗?我们这几支枪,正是宋日土的。从他们手里夺来的。你知道吗?"

招弟娘道:"这些事大人小孩早都传开了,我怎么不知道?你三叔被宋日土抓去十七天,花了八十块大洋,把家里的牛卖了,猪卖了,连稻种也卖了,我八辈子也忘不了宋日土。"

玉田瞅着招弟娘,又问道:"你知道,这些枪,为什么拿在宋日土手里不能打东洋鬼子,拿在我们这些水牛腿手里就能打鬼子呢?"

招弟娘脸上怒气未息,冷着脸说道:"我不知道。别考问我了。你们拿上枪,连看都不让我看,我怎知道它能不能打东洋人?"

大喜子又故意逗他娘,嘻嘻地说道:"不是有人说我们是土匪吗?你敢看土匪的枪吗?"

大成子的父亲邓志嵩,在人群背后,突然站起来,激怒地骂道:"土匪不是根柱,不是你们,是宋日土。他才是不折不扣的官土匪。我们丁家坝的人,眼睛眉毛还没被他抢光?要以我三十年前的性子,非找到这个坏蛋,活活剥下他的皮来。"

周四奶奶跟着说道:"那个杀千刀的,总有一天,我要咬他两口。他什么不抢,连人家的裹脚布都抢光了。我养了四只鸡子,一根毛也没替我留下呵!早知你们能把日本鬼子打败,拼着老命,也把几只鸡子送到荡里去,给你们吃,也不给那些土匪抢去吃了。"

邓志嵩老汉又说道:"这是心里话,今天要不是柱子领着人,在刘河打这一仗,我们这些人,不死也要脱层皮。"

周四奶奶慨叹一声:"唉,没有你们这些人,不止一个丁家坝,也不知有多少庄子,要遭劫呵!"

群众的热烈的议论,使邓志才心里非常内疚。他觉得又高兴又惭愧。高兴的是丁根柱这支游击队里,有自己的女儿和儿子。别人夸赞根柱,也有自己的儿女一份,等于在夸赞自己的女儿和儿子。可是,一想到前几天,听了老婆的话,跑到荡里,拖回女儿,又满脸发烧,烧得坐卧不安。这时便转换话题道:"玉田,听说你们这些枪,不是宋日土的,是孙万山的呵!"

玉田道:"宋日土从我们老百姓身上,逼出钢枪费,买了枪,又卖给孙万山了。"

招弟娘跟着骂道:"这个歪货,拿老百姓的钱,买了枪,不打东洋鬼子,又去出卖,发洋财!早晚不得好死。"

大成子插嘴道:"嘿!还能指望他们去打日本鬼子?这些家伙能不抢老百姓,已经是好事了。"

招弟娘叹息一声:"唉!蒋介石也是个大昏君,他手下养了这些兵,不做善事,尽做恶事,他能一点也不知道吗?"

二锁子道:"咳!蒋介石,宋日土,孙万山,都是一窑里烧的,一样的货。不要去指望那些狗崽子了。要抗日,只有靠我们自己。"

邓志才道:"说是这么说。不指望他,可他是一党之主,手下有好几百万兵呵!"

玉田道:"三叔,你不要再对蒋介石存幻想了。他早丢开老百姓,跑到峨眉山上去了。"

大成子发急道："嘿！三叔这个脑子，还没拐过弯！今天晚上，你在祠堂里，没听乐群讲啊！蒋介石就是不跑，对我们这些穷人又有什么好处？他不是站在我们穷人这一边的，他是孙万山的后台，是爬在我们穷人头上的人。如今我们只有听共产党的话，组织起来，扛起枪杆，抗日打鬼子，保国保家。"

一个青年，叫周士奎，从人后面挤出来，走近玉田，挺挺腰杆，急切地问道："玉田哥，你看我能参加你们的队伍吗？"

玉田看看周士奎壮实的身躯，高兴地回答道："怎不行呢！大喜子都能打倒两个敌人，你还不能扛枪？能！"

周士奎折回头，拉过身后的两个小伙子道："我们三个人，已商议好了，跟根柱哥下荡去。"

二锁子把周士奎肩背一拍，说道："要跟我们下荡去，我担保，成！都是穷小伙子。咱们本是一条根嘛！"

周士奎想了想，又说道："可我们还没有枪。"

二锁子道："没有枪，你家没有大刀吗！没有大刀，稻叉也行。"

周士奎道："要站出来，就要准备大闹一下，没有个枪……"

二锁子道："枪，用不着愁，敌人早为我们准备好了，他会给我们送来的。"

张忠补充道："对，家当要靠我们自己来创的。"

大成子也表示欢迎道："士奎，你放心，还怕没有枪。我的枪先给你，江山是打出来的。还愁没有人送枪来。"

邓志嵩道："你不要抬他上轿了。先问问周四奶奶，是不是愿意给大奎子出去。"

周四奶奶道："嗨！还用问我。这个世道，把儿女护在身边，还为他去担心思呢！今天去躲壮丁，明天又怕被抓，东躲西藏，躲到何时为了。我没说的。他不去，我也要找柱子，把他领出去……"

李进气喘喘地走进门来，伸着头，在人群里搜索了一下，喊道："玉田，你出来一下。"

玉田也不知出了什么事情,忙站起身,挤出门,随着李进到了院子里,问道:"有事情吗?"

李进往玉田身边靠靠,低声地说道:"宋日土的队伍,今天早上跑了,晚上又回来了。"

玉田并不感到惊讶,早有所料似的,问道:"你看到的吗?"

李进道:"我到了青龙桥,刚刚走进刘瘸子茶馆,要了一杯茶,喝了两口,桥东边'嘚嘚嘚',过来一大阵子的遭殃军,跑出门一看,正好碰上宋日土,骑着一匹枣红马,走在队伍最前头。"

玉田忙问:"有多少人?"

李进道:"我站在街旁,一个一个数的,三百四十八人,机枪四挺,盒子枪二十一把,还有长枪……"

玉田打断李进的话，问道："不要说得这么详细了。他们住在什么地方？"

李进道："我没有跟着去看。只是听青龙桥的保长通知刘瘸子，要他挑一担开水，送到学校的操场上去。"

玉田沉思片刻，道："再去打探。"

李进走到门口，又转回身来，对玉田道："我怕你们不知道，赶快回来告诉你，叫乐群小心呵！"

玉田点点头，表示知道了。把李进送出大门，突然又叫道："你等等！"转身回到院子里，向屋里喊道："大喜子！"

大喜子在屋里，清脆地应了声："有！"跑出门来。

玉田道："不要作声。你和李进到青龙桥去。探听好宋日土的队伍，住在什么地方。"

大喜子把枪交给玉田，紧紧腰带，端端正正地站在那里，问道："还有别的事吗？"

玉田又交代了一句："探听确实，李进留在青龙桥，继续监视，你马上回

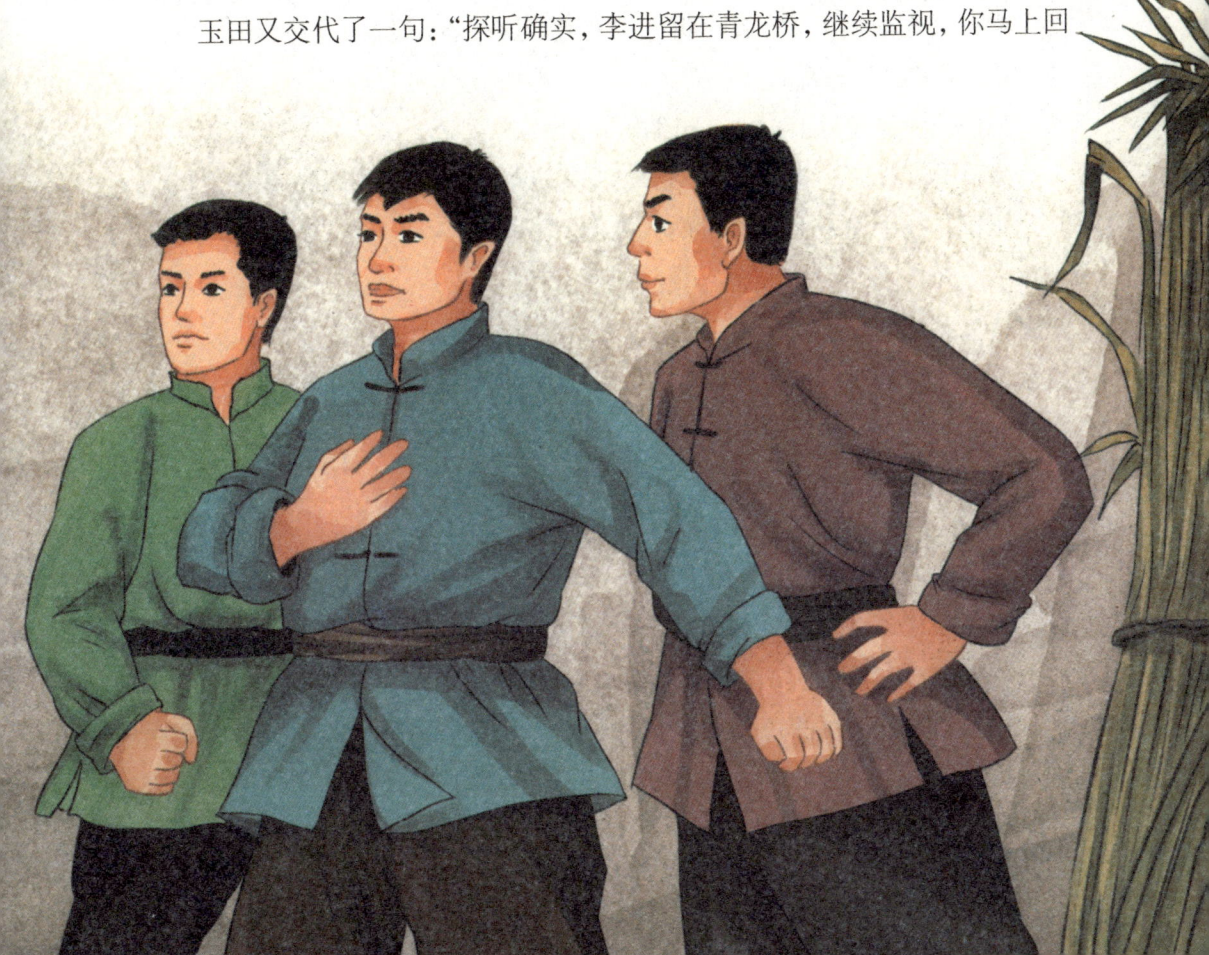

来报告。"

大喜子又应了声"是",正要往外走,这时根柱从身后走来,"啪!"在玉田肩上拍了一巴掌,说道:"你真行!我还以为你们都回家了。你们还拢在这里做工作。"

玉田笑道:"没有啊!我什么也没有做!"

根柱道:"李进在门外和我讲了,我们在祠堂里睡觉,你把人团到招弟家来,在守夜,又派李进到青龙桥去探消息。这些事我都没有想到,打完仗,就想先睡一觉。"

玉田笑笑道:"咱们在闹革命啊!要是没有两个耳朵,就像蒙在鼓里,要吃亏的。"

根柱道:"对。要多长个心眼,多提防点。唉,招弟呢?找她出来,商议一下,准备明天去宣传。"

玉田道:"她正在忙哩!我刚才画了个样子,叫她绣面大红旗。"

根柱又在他肩上拍了把,叫道:"你看,这一着,又被你抢到前边去了。快,喊招弟拿出来看看。"

玉田向大喜子说道:"去,叫你姐姐出来。"

大喜子对着屋里叫了一声:"姐姐!"又转向玉田道:"没事了,我走啦!"

玉田扬扬手道:"好!你们两人走吧!"

16

一轮红日,刚刚升起,游击队的抗日宣传队出动了。

于乐群掌旗,在前边领头。根柱领着一班吹弹打拉的小伙子,紧紧跟随。吹的是《百鸟朝凤》,拉的是《丰登乐》。一路上吹吹打打,鼓乐喧天,来到了青龙桥。

青龙桥是个集镇，集市并不怎么大。可是，在水荡边上，倒是个著名的水陆码头。街道的房屋正沿着河的两岸。左边沿岸上，商店、客栈，挂的是淮安县招牌；右边河岸上，是粮行、酒楼，却写上阜宁县的商号。它是两县交界的集镇，因此，在集市中心的那座大桥——青龙桥，也就成为两县的交通咽喉了。

正当小秧育苗季节，集市上人流汹涌，异常繁忙。特别是青龙桥两头，更加拥挤，这头推，那头嚷，生意买卖，人头上接钱，喊喊叫叫，忙乱不堪。

也不知是谁走漏了风声，街道上的居民，早就知道根柱的队伍，这天要开到集上来，他们半夜就买好了鞭炮，聚集在街头上，准备欢迎。

根柱的队伍，在市民的鞭炮声中，被熙熙攘攘的人群簇拥着，送进了青龙镇小学。

这所小学，也紧靠在河边。学校门前，有个大操场。武装宣传队，就利用这个广场，开始表演。

招弟和大喜姐弟俩，在暴风雨般的掌声中上场了。

人们看到，一个女游击队员，押着个东洋鬼子，从人丛中走出来。这个东洋鬼子，正是大喜子化装的。他肩背盒子枪，腰挂指挥刀，头戴钢盔，脚穿大皮靴，又跳又蹦，横冲直撞，嘴上的小胡子一动一动的，显得很神气。人们一看到大喜子那副神气，便大声地吼叫起来：

"捉住这个强盗，打死这个汉奸。"

"开枪打，拿砖头，砸死他！"

"扒下他的皮来，挖去他的眼睛……"

大喜子看见那几千只拳头，像桅杆似的竖在天空，直向他打来，可吓坏了，把头一缩，溜进队伍，躲到乐群背后去，拉着乐群的衣角，嘟哝道："我不演这个鬼子，我要演游击队。"

根柱未等乐群说话，抢先站出来，向大家说道："乡亲们，这是演戏，日本鬼子是假的，下次带一个真的来，再让你们打。你们要是把演员打坏了，这个戏，今天就演不成了……"

"好，不说了，叫日本鬼子出来。"

"不是叫他走,叫他爬出来。"

大喜子哭丧着脸,变成一条狗似的,四爪落地,在群众怒吼声中,夹起尾巴,乖乖地爬上场子,随着招弟激昂的歌声,做出各种丑态。大喜子唯恐群众真的打他,两只眼睛胆怯地看着那些握紧的拳头,露出一副可怜相,这样表演更加逼真了。招弟的唱腔,本来就是出色的,现在再加上充沛的热情,满腔的悲愤,唱得更加动人。再配上根柱的胡琴,时高时低,时紧时慢,抑扬顿挫,这场表演就非常成功。唱一个,听众还要再来一个。一个接着一个,把根柱新编的几个小调一个一个全都搬出,卖光了,群众还是在喊:"再来一个,再来一个。"乐群想插进去,讲讲抗日的道理,几次都被群众狂热的掌声打乱,弄得收不了场。这时可把玉田急坏了,他悄悄问根柱道:"你肚子里还有没有哪?不唱下不了台呵!"根柱拿着胡琴,毫不动声色,扬扬眉毛,微笑一下,向二锁道:"二锁,你上场!"

二锁事先毫无准备,听说要他上场,发急道:"我肚里没有词,嘴张不开呵。"

根柱向招弟使个眼色,说道:"你领头,跟着我的胡琴走。两人来个对口唱。"

招弟小声道:"你也没编好,叫我怎样唱呢?"

根柱道:"见眼色行事。就唱刘河口,打败小日本。那些事实,大家亲身经历过,随你口编好了。"

招弟被根柱一句话提醒,眼皮动动,词儿来了。她扬开嗓子,唱道:

> 请诸公,静一静,
> 我说戏文你们听:
> 丁家坝上出能人,
> 抗日杀敌有名声。
> 三月三,黑咕咚,
> 日本鬼,出淮城,
> 骑兵队,前边冲,
> 小钢炮,沿路哼,

黑乌鸦，炸弹扔，
　　机关枪，响连声，
　　奸淫抢劫又杀人，
　　村村都被血染红。
　　一直闯到钟家墩……

招弟一唱开，大喜子也来了个随机应变，跟着唱词，做出各种表演，绘声绘形，非常逼真。二锁子站在旁边，看着听着，满肚子词儿，也就涌了上来。招弟刚刚向他做个手势，他就跟着上声，接着唱道：

　　丁家坝有个丁根柱，
　　母亲妻子被炸死，
　　激发了他的火性子，
　　恨死了东洋小鬼子，
　　根柱拿起了枪杆子，
　　冲上前线打鬼子……

　　二锁子的唱词更加生动有趣，看的人不断喝彩。
　　学校对过，有个茶馆，名叫"望淮楼"。传说坐在这个楼上吃茶，能一眼望到淮安城的城门楼。其实，只是两层楼的房子，也不知是真是假。农民是不能上这个楼上吃茶的，只有土豪劣绅恶霸地痞这类人物，才能到这个楼上。因此，群众又叫它"望乡台"。
　　孙万山和宋日土，带着十几个卫队，在街上亮了一下相，便来到望淮楼，各泡一杯清茶，对饮聊天。
　　宋日土端起茶杯，放到唇边，侧耳听听，又放下杯子，问道："嗳！外边锣鼓喧天，放鞭放炮，这是干吗？"
　　孙万山伸长脖颈，向外望望，慢吞吞地说道："是学校里在演文明戏吧。"
　　宋日土摇摇头道："又吹又打，哪里像演戏，是人家娶媳妇吧？"
　　这时，招弟的清脆洪亮的声音，冲进了孙万山的耳膜：

>　　三根土药炮，
>　　八支五子钢，
>　　埋伏大桥头，
>　　天罗加地网，
>　　单等鬼子兵，
>　　蒙头往里闯。

　　孙万山警惕地站起身，说道："定是丁家坝那班亡命之徒在这里宣传。"
　　宋日土迟疑一下，说道："不可能吧。丁家坝在青龙桥西南，有七里多路，孙家墩在青龙桥正北，不到五里路程，我宋某的兵，就驻在孙家墩，他能不知道，我想他没有这个胆量。"
　　孙万山走出去，扶着栏杆，又听了听，扭头向宋日土道："司令，你来听听，正是八支枪。你忘啦，在两个多月之前，你为我买的那八支枪，不就是在丁家坝损失的。"
　　宋日土半信半疑地跟着走出来，两手叉着腰，在孙万山身旁站下，歪过头，细细在听。
　　二锁子的嘹亮的嗓音，像要震塌望淮楼似的，响了起来：

>　　日本指挥官，
>　　疯狂又咆哮，
>　　来到大桥头，
>　　叽里咕噜叫，
>　　架起望远镜，
>　　拔出指挥刀，
>　　喊声小喽啰，
>　　快快冲过桥，
>　　忽见红旗闪，
>　　玉田开了炮，
>　　乖叽隆的咚，

军官不见了，

　　打得日本鬼，

　　叽里呱啦叫……

　　宋日土听到这里，不由打了个寒战，把盒子枪一拔，向楼下大叫一声："勤务兵！"

　　吴小溜子在楼下勒起嗓子应道："有！"

　　宋日土道："集合队伍。"说完，气冲冲地奔下楼了。

　　孙万山跟在后面叫了一声："宋司令！"摸起文明棍，也慌忙地赶出门去。

　　学校门前广场上，真是人山人海。一个青年小伙，站在屋顶上，举着手，高呼道："打得好，唱得妙！再来一个要不要？""要！"又响起一阵暴风雨般的掌声，欢呼声。

　　招弟站在群众中间，待掌声和欢呼声渐渐停息了，又接上唱道：

　　请诸公，听端详，

　　日寇是个野心狼，

　　男女老少团结起，

　　抗日救国保家乡，

　　快快组织游击队，

　　握起枪杆打东洋……

　　"喂，喂喂，不用唱啦，不用唱啦。"宋日土手提盒子枪，带着十三个武装整齐的卫兵，边叫边挤进人群，气冲冲地问道："你们谁是头儿？"

　　在五更头里，李进和大喜子，已经深入孙家墩，探听好宋日土三百多人，全部开进了孙家墩。因此，于乐群早有准备。这时，他不动声色地扛着大旗，走过来，对着宋日土，冷冷地说道："你有什么事？"

　　宋日土细起眼睛，在于乐群身上，打量了好久，问道："你们是些什么人？"

于乐群道:"我们是抗日游击队。"

宋日土斜起眼来,又看看于乐群:"哼,抗日游击队。谁允许你们抗日的?"

于乐群答道:"是你们的蒋委员长讲的!战争爆发,地无分南北,人不分老幼,皆有守土抗战之责。我们就是尽老百姓的责任。"

宋日土哼了一声,问道:"别拿这顶大帽子来压我。我问你,你们是哪一部分?"

于乐群道:"我们是人民的军队。"

宋日土呲起牙,冷笑一声:"哼!人民……我问你,是谁领导的?"

于乐群也冷冷地回敬一句:"人民的军队,当然由人民来领导。"

宋日土猛然嚎叫起来:"我是问你,你们谁是队长?"

于乐群指指大旗上金光闪闪的一行大字,说道:"你看看这面旗子,都写在上面呢!"

宋日土把盒子枪插到胸前,背着双手,仰起头,细起眼睛,对着大红旗,看了好一会儿,喃喃地念道:"'丁根柱抗日游击队'……"眉毛霎时一皱,自言自语道:"嗯,丁根柱,又是这个丁根柱……"

根柱将手中的胡琴,塞给身旁的李进,又向玉田和张忠使了个眼色,叫他们做好准备。他上前一步,用宽阔的胸膛,挡住乐群,责问宋日土道:"你要干什么?是想比拳头,还是想比比枪杆子?"

宋日土冷眼看看根柱,问道:"你是谁?"

根柱道:"你不是要找丁根柱吗,怎么还不认识?"

宋日土盯着根柱身上,上下打量了好久好久,冷笑道:"嗨,就是你,你还记得西沟口的事件吧?"

根柱也冷笑道:"你还记得,在孙家墩的时候,不是有人向你报过喜么?"

宋日土道:"可惜那一次,我们没有见到面,非常遗憾!"

根柱道:"今天见面,也不为晚呵!"

宋日土道:"你看到没有?这条街上,还贴着一张悬赏通缉的布告。"

根柱嘲讽道:"可惜你迟了一步,那五百块大头的赏银,已被别人代领了。"

宋日土恼羞成怒，突然嚎叫了一声："你是逃犯，今天……"

于乐群推开根柱，顶上去道："你要干什么？你知道他是什么人？他是刘河伏击战打死四十多个日本鬼子的英雄！"

"对哟，这个丁根柱，是我们丁家坝打鬼子的英雄！你敢动他一根毫毛！"群众纷纷不平地吵起来。

随着宋日土的十几个卫兵，本来已准备好，只要宋日土一声令下，就要上去捉拿丁根柱。可是一见到群众愤怒的目光，直射到每个人的脸上，就一个个胆怯了，缩起头，往一块乱挤。

宋日土听到群众的呼喊声，心里已有几分惊慌，但他故作镇静地向周围扫视一下，对着于乐群嗨嗨一笑，道："嗨！刘河，刘河的仗，就是他打的？"

于乐群伸手从大喜子腰里，抽出日本鬼子的指挥刀，说道："你不相信吗？看看这把刀！"

宋日土用眼梢，偷偷瞄瞄这把指挥刀，道："你们有多少人？有多少机枪大炮？嗨！从哪里弄来这废铜烂铁，用不着看。可是，你们知道，在这里招摇过市、欺骗群众，这是犯罪的？"

于乐群举起指挥刀，在半空晃晃，大声道："乡亲们，你们看，这把刀，是日本鬼子的屠刀，还是废铁？"

群众激怒地喊叫起来："他说是废铁，叫他也拿出一把看看。"

"呸！还没见日本鬼子的影子，就吓得像个龟孙一样，连夜爬跑了。别人打了胜仗，还有脸来张牙舞爪呢！叫他滚开，让我们看戏！"

"快滚吧，日本鬼子的炸弹，扔到你的头上啦！"

宋日土顿时火冒三丈，像一只野兽似的咆哮起来，他指着于乐群道："你是共产党，是煽动！"

于乐群跃身跳上一个土台，对着群众高喊道："乡亲们，你们说，共产党领导我们这些受穷受苦的人，受压迫的人，扛起枪杆，打日本鬼子，有什么不好？难道说要我们全中国人民都学他们，听到飞机响就躲，看到日本鬼子便溜，让东洋鬼子来烧我们的房屋，叫东洋鬼子来杀害我们的妻子儿女，学那些披着人皮的野兽，出卖自己的祖国，当汉奸，做亡国奴……"

宋日土狂叫道："妖言惑众，破坏社会秩序，妨碍社会治安。你是捣乱分子！"

于乐群把手一指，喝道："住口！日本鬼子侵占我们祖国的领土，占领我们的城市，杀害我们的同胞，烧毁我们的房屋财产，你是不是中国人？你不抗日，反来残害人民，你有没有心肝？"

宋日土拔出盒子枪，指着于乐群，威胁道："共产党不忠不孝，还敢公开污辱党国，一定要严加惩办！"

于乐群凛然屹立，继续向群众讲道："乡亲们，你们是有眼睛的，是有耳朵的。共产党共过谁家的妻子？糟蹋妇女的，敲诈人民的，不是共产党，是国民党，是遭殃军，就是这群败类！乡亲们，是祖国的好儿女，站出来，扛起枪杆，抗日救国，打东洋鬼子去！……"

宋日土转身向他的卫队,嚎叫起来:"快,快把他抓起来!"

在宋日土发威时,丁根柱已经挤到宋日土背后。宋日土的话还没讲完,根柱的手枪,猛然在他背上一捣,大喝道:"举起手来!"

宋日土好像得了惊风似的,周身抽筋,四肢发软,"扑通"双膝落地,乖乖地举起手来。

根柱挥舞着拳头,高声喊道:"把这些狗崽子的枪,全部下下来!"

宋日土那十几个卫兵,被围在群众当中,一个个吓得目瞪口呆,如同木雕。

"把枪缴下来,剥下他的老虎皮!"

"他们不抗日,还不准别人抗日,把他们丢到河里去,喂鱼喂虾。"

"打死他!打死他!"

孙万山远远站在青龙桥上,一听群众的怒吼声,震得屋瓦都哗哗作响,忙把头一缩,溜下桥,躲到望淮楼去。

激怒的人群,如同潮水,好似海涛,拥上去,缴下宋日土的手枪和子弹,高呼着:"拥护共产党!""打倒投降派!""打倒卖国贼!""全国人民团结起来,打倒日本鬼!……"抗日的口号声,响彻青龙桥,在草荡上发出回响。

17

邓志才家平日赶街上集,从来都是女的。可是这一天,发生了变化。

根柱一清早,领着队伍,敲锣打鼓,浩浩荡荡,开往青龙桥,招弟和大喜子跟着去了。邓志才也提着竹篮,高高兴兴地跟在队伍尾巴上,向青龙桥前进。

邓志才刚刚进入大街,迎头碰上刘家河的刘老四。刘老四和邓志才本来就认识。多远便迎上来,一把拉住他,以感激的心情说道:"志才啊!你家招弟,这一次可救了我们刘河呵。前后三庄,不问男女,一提起招弟,谁人不夸,谁人不赞,人人都说你生了一个好闺女啊!"

邓志才笑笑道:"哪是她哩,是柱子他们打的。"

刘老四道:"嗨,刘河这一仗,招弟有大大的功劳呵!我们刘河人,都亲眼看到的。日本鬼子,一个当官的,骑着大洋马,来到桥头,拔出指挥刀,正想冲过桥来,被招弟一枪打下马来,掉到河里去了。"

邓志才道:"听说那个指挥官,被打死了。"

刘老四道:"嗯,恐怕是没有死。打死的鬼子,都用麻袋装起来,放在马身上驮着。那个家伙,是放在一个帆布床上,抬着走的。你那招弟……"

邓志才道:"这个孩子,从小野性就大。"

刘老四道:"嗳!你不能小看这件事呵。当我们国家遭受异族侵略的时候,她能挺身而出,扛起枪杆,奔赴战场,和日本鬼子,枪对枪,刀对刀,硬拼硬杀,这是了不起的事呵!"

邓志才道:"你也不要把她捧得太高了。"

刘老四道:"嗯!你听说过有几个这样的女的?过去,我们只在小词书上,看到穆桂英,敢于冲锋陷阵。可是谁也没有见过穆桂英呵。今天,在咱们丁家坝,就出了一个招弟,拿起枪杆,抗日打鬼子,这还不算个大大的英雄,是个英雄呵!"

邓志才听到刘老四这番赞扬,呵呵一笑,向刘老四告别。赶到青龙桥口,买了三斤猪肉,二斤百叶(豆皮),连招弟她们在学校门前的表演也没有看,又忙往家里跑。

招弟娘对儿子原来有点偏爱。可是如今,一见招弟成了抗日英雄,也感到自己脸上增加了无限的光彩。为着挽回过去的不是,特地安排丈夫到集上去买肉买菜,自己在家,下荡捞鱼,准备款待游击队。

邓志才从集上买回肉,交给招弟娘,要她赶快炒菜做饭,自己又跑到庄头上,去等着招弟和大喜子。

太阳渐渐落山了。

邓志才站在路口,看到根柱和玉田两个,一先一后,背着枪,从集上回来。他乐呵呵地迎上去,叫道:"柱子,你们怎么现在才回来?乐群呢?"

根柱头也没有抬,气冲冲地从邓志才身旁走过去。

玉田跟在后面,向邓志才摆摆手,做了个眼色,问道:"三叔,你在这里,是等儿子的,还是望闺女的?"

邓志才仍是乐呵呵地道:"嗨嗨,闺女、儿子,不是一样吗?"

玉田道:"不用等了,赶快回去收拾碗筷,马上就回来啦。"

邓志才道:"用不着我去忙,她娘在家,早就摆好碗筷,坐在门前守着。"

玉田道:"那你就在这里等等吧,后边马上来了。"

邓志才道:"你们到哪儿去?"

玉田道:"到柱子家去。"

邓志才道:"柱子家?他哪儿来的家?今天,招弟娘说啦,你们全队的人,都开到我家去。"

玉田道:"我们人多啦!你家的米够吗?"

邓志才道:"要是别人来,你三婶准会哭穷,没米啦,没柴啦,被遭殃军抢光啦,请到别人家去吃两天吧!可是,要是你们来,雪白的米尽饱吃,吃上三天也不怕。"

玉田笑道:"谢谢三叔三婶,今天就算免了,下次再去。"

邓志才伸手抓住玉田的膀子,说道:"不成不成。今天无论如何,一个也不能少,全到我家去。"

玉田走近邓志才,用手抵抵他道:"你看到柱子的脸色吗?"

邓志才惊异道:"他和谁生气啦?"

玉田道:"招弟会告诉你的。"说罢径自走开了。

邓志才站在路口呆愣了好久,又跟在玉田后边追上去,问道:"玉田,是不是出了什么事?你告诉我,不要把人肚肠子急断了。"

玉田道:"三叔,用不着打听了,你回到家里,就会知道的。"

邓志才发急道:"玉田,你对三叔还不放心吗?我的闺女,我的儿子,都是游击队员,我的心,还能不向着你们?"

玉田解释道:"三叔,我还能不相信你,乐群叫我回来做工作的。嗯,这样吧,点灯的时候,我就到你家去,告诉三婶子,把我那一份,替我留在锅里。"

邓志才伸手抓住玉田的枪托，说道："你站下，把话说清楚再走。今天，你不告诉我一个实底，就不用想走。"

玉田看看根柱已去远了，发急道："三叔，你快放手，我有要紧事情。"

邓志才抓住玉田，一步跟着一步，说道："你有事，说话也不耽误走路。"

玉田无可奈何地说道："三叔，你不知道，今天，我们武装宣传队，一到青龙桥，好极了，比我们原来想象的，要好上千百倍呵。"

邓志才道："你不要卖关子了。早上我和你们一起上集的，敲锣打鼓，放鞭放炮，我都亲眼看到，还要你来说这些干吗。"

玉田道："你只知开头，就不知结尾了。"

邓志才道："你还在骗我，青龙桥不过那么大，我有什么不知道的呢！"

玉田道："乐群原来的计划，是搞武装宣传，发动群众。哪知冒出个宋日土，又为我们添上新的内容。我们乘势，组织起一次几千人的示威游行，掀起抗日热潮。这些你知道吗？"

邓志才惊讶道："啊，宋日土？你们怎不把他抓住？"

玉田道："嘿，不能提了。毛病就出在这里嘛！"

邓志才道："怎么？他伤了你们的人？"

玉田摇摇头道："不。他只带了十几个人，还敢和我们碰。根柱一声大喝，群众就拥上去，把他们一个个捆起来了。"

邓志才惊喜道："你们又到孙家墩去啦？"

玉田道："不是我们去抓他，是他自投罗网，跑到青龙桥来找我们麻烦的。"

邓志才抹抹袖子，咬牙切齿道："这条毒蛇打过我四十板子。这一次，我定要叫大喜子还他八十。他拿过我八十块大头，定叫他将原数退出来，送给你们买枪买子弹，少一颗芝麻也不行。"

玉田笑道："可是现在晚了。人已经回孙家墩去了。"

邓志才震惊道："怎么？放掉了，谁的主意，把这条大毒蛇放掉？"

玉田抬起头，看看已到祠堂门口，转身向邓志才笑笑道："行了。你想打听的事情，就是这么多了。"

邓志才伸手拉住玉田,道:"你坐下,你要告诉我,是谁的主意,放走宋日土。"

玉田道:"嘿!这不要命嘛!死缠活缠,老是缠住我,我还有事情。"

邓志才沉下脸,不高兴地问道:"你们是哪一家的队伍?"

玉田见邓志才生气了,只好又赔笑脸道:"三叔,你问这个啊!乐群上天不是在这里讲过,我们的队伍是共产党领导的,是人民的队伍。"

邓志才道:"既然是人民的队伍,为什么不为人民申冤报仇啊?"

玉田走到石狮子旁,拣一块青石板坐下,说道:"嘿,这倒是个新鲜词儿,我反要问问,我们做的哪一件事,不是为人民的。"

邓志才道:"宋日土这个嗜血成性的豺狼,在我们这一方,是一大害,你知道不知道?"

玉田道:"不仅我知道,你也知道啊!"

邓志才道:"那你们为什么还把这个刽子手放掉,这不明明放虎归山嘛。要知道,它久后还要伤人。"

玉田从怀中拿出一根五寸来长的旱烟袋,伸向邓志才道:"你带烟了吗?"

邓志才掏出烟包,往玉田手中一塞,说道:"烟是有哟,就是对你们不乐意。"

玉田装起烟，慢条斯理地吸了两口，说道："三叔，你听人讲过，'三国'上，有个诸葛亮，七擒孟获，不杀不斩，听说过吗？"

邓志才道："你是徐玉田，不是诸葛亮，没有那份雄才大略。"

玉田笑道："我不是诸葛亮，可是我们有共产党的领导。共产党比诸葛亮高明多了。"

邓志才把屁股一扭，转过身去说道："我说不过你，我去找柱子……"

于乐群突然在邓志才面前出现，说道："用不着去找柱子，宋日土是我主张放的。"

邓志才惊喜地叫了一声："你到这么晚才回来，把人都等死了。"

于乐群道："我在路上就想到了，今天的事，三叔一定对我有意见。有意见好嘛，现在提也不晚呵！"

邓志才道："你既然猜到了，我也就直说，不怪柱子生你的气，我也有气。"

玉田有意把话岔开道："三叔，你刚才在路口不是说要找我们……"

邓志才把屁股一拍，恍然道："好。走吧，先到我家去，吃过饭，坐下来，好好向你提。"

乐群呵呵大笑道："嗨嗨，又去吃饭，又听了意见，这是桩好交易，谁不愿意干。你们两人先走一步，我去喊柱子。"

邓志才道："不，不，我去……"

玉田伸手拉住邓志才道："三叔，我们先走！还是让他去喊柱子吧。"

邓志才站在祠堂门口，看看玉田的脸色，沉思了一下，跟着玉田回家去了。

这时，屋里已罩上黑影了。

于乐群走进祠堂，在屋心站了一会儿，将手中的红旗，放到桌上，擦着火柴，点起灯，在铺上照照，见根柱直挺挺地躺在草铺上，蒙头盖脸地睡了，也没有去惊动他，摸出旱烟袋，坐到他身旁，抽了一会儿烟，说道："柱子，躺倒啦？"

根柱骨碌坐起，说道："我是对你有意见。"

于乐群道："有意见你可以提嘛，为什么使着性子，拔起腿，一个人跑了，难道队伍也不要了吗？"

根柱道："我不是跑。在那样的大庭广众之下，你提出释放宋日土，我有甚好说的。你是我的领导人，我要服从你，只有耐着性子走开。"

于乐群笑道："嗨，原来你是为着照顾我的面子，不愿意使我难堪，所以才走了，是吧？"

根柱道："不，我是气愤，不能同意你这样做。"

于乐群道："按照你这样说，我今天是做错了一件大事了。"

根柱道："你知道不知道，宋日土是我们的敌人？捉到了敌人，为什么又要放掉？我不明白，我也想不通。"

于乐群吸吸烟袋，见火已灭了，磕去烟灰，又装上一锅黄烟，捧在手上，沉思了片刻，说道："柱子，你想过没有？我们和敌人斗争，要讲究一点策略？"

根柱道："什么叫策略？敌人就是敌人，他要我肝花，我就要他五脏，这就是策略。"

于乐群指指桌上的红旗，说道："你看，我们的旗帜上，是写的抗日游击队，这就是说，我们目前主要的敌人，是日本帝国主义。我们要团结一切力量，争取一切可以争取的力量，共同来对付日本鬼子。打败日本鬼子，就是我们的胜利。"

根柱道："照你这么说，和宋日土这个反动透顶的人，也要讲团结？"

于乐群道："对宋日土和孙万山的看法，我们也要有分析。孙万山本是荡边上的一个反动恶霸，多少年来，压在我们头上，是个血债累累的人。他的大儿子和二儿子，在国民党军队内当师长，又都是顾祝同的嫡系，也是反共最坚决的两个家伙。另外，他的七儿子，留学日本，根据我们党的了解，此人已成汉奸，随着日军回国。因此，我们不但要和日本鬼子做生死的斗争，同时要和这些汉奸卖国贼、顽固派做坚决的斗争。至于对宋日土，我的看法，他虽反动，与孙万山还有不同，宋日土是属于地方势力派。他和孙万山在争夺政治权力上有矛盾，他和日本鬼子同样有矛盾，因为日本鬼子的飞机，也炸死他的老婆嘛。"

根柱一头站起来大声叫道："可是你忘了，宋日土这个乌龟王八蛋，也是骑在我们穷人头上的人。他要捉拿我,他领兵下荡'清剿'过我们。难道和他也要讲团结?"

于乐群道:"不,你坐下,听我把话说完。在目前的情况下,我们不能单一地依靠武装斗争,必须在武装斗争的同时,向敌人展开政治斗争。宋日土眼前,他并没有投敌,他还挂着抗日的招牌。我们要主动地缴了宋日土的枪,或者让你去杀死宋日土,我们在政治上就很被动。敌人会抓住这件事情,大肆宣传,说这是我们挑起来的,今天,我们放了他,一来使他不至于站在日本鬼子一边去。二来在敌人内部,也可起到分化瓦解的作用。此外,我们可以争取更多的群众……"

根柱道:"你这些话,我不赞成。群众,群众,群众都盼望我们一枪揍死宋日土。"

于乐群道:"柱子,我们应该承认,我们这支游击队,只是一棵幼苗,还没有雄厚的群众基础。要想在这个荡边上,开辟出一块抗日根据地,一定要重视抗日民族统一战线的工作,要做这一工作,我们必须采取发展进步势力,争取中间势力,反对顽固势力的策略,这一点,你想过吗?"

根柱道:"我不懂这一套。按照你这样做下去,我们和宋日土这些狗东西,就不要斗争了。"

于乐群笑笑道:"怎么是不要斗争呢?今天,在青龙桥缴下他的枪,经过教育,又释放了他,这就是一种斗争。我们是以斗争达到团结一切抗日势力,共同对敌。"

根柱道:"依我说,这都是你自己的如意算盘,你就没有想到,你今天放了他,他明天就会举起枪,对准你的后脑瓜。"

于乐群道:"这也没有什么。我们对他的反动性是有充分认识的,我们的原则是争取他,如果他真的顽固不化,来进攻我们,我们就坚决消灭他!"

根柱道:"与其将来去消灭他,为什么今天不能顺手就把他宰掉。"

于乐群道:"柱子,这是斗争,这是复杂的斗争,我们不是靠杀了一个宋日土,就可以打败日本鬼子的。"

根柱低下头,沉思了好久,说道:"不管你怎么说,反正我是想不通。"

于乐群道:"你不通,我也不能强迫你通。看事实的发展再说吧。好吧。

今天，我们两人，先到招弟家去吃饭，以后再谈。"

根柱摸起枪，说道："走呗。"

兄弟两个，虽然对宋日土的处理，意见分歧很大，吵得很厉害，但并没损害他们的感情，他们肩并肩地走出祠堂大门。

18

宋日土在青龙桥，阻止抗日宣传，激怒群众，当场被缴下武器，后经于乐群说服群众，饶了宋日土一条狗命，逐出青龙桥，逃回孙家墩。

自从青龙桥事件之后，宋日土与孙万山，便发生意见分歧。按孙万山的意见，应趁丁根柱这支游击队人数不多、立足未稳之际，宋营兵马，倾巢出动，包围丁家坝，消灭这支游击队。可是，宋日土的想法，与他不同。认为，首先一条，于乐群利用了刘河口战斗，扩大了政治宣传，已取得了广大人民群众的拥护，若在这时出兵去打丁家坝，不但消灭不了丁根柱，相反地要为于乐群增加宣传资本，使他宋日土更不得人心。其次，根据当前苏北形势，国共合作这块招牌，他还是不能丢。因为，于乐群以民族利益为重，大义释放宋日土，不仅对群众有影响，在宋营士兵当中，也起了极大的影响。有的人，甚至公开讲，你看看，人家共产党，说得多好：我们要实行"总理遗嘱"，唤起民众，一致抗日。是的嘛，大敌当前，就是要枪口对外嘛。这些议论，越来越多，对宋日土也是一种压力，使他不敢轻易担负挑起摩擦的责任。因此，他主张利用于乐群的抗日民族统一战线的口号，暂时保存实力，一旦时机有利，才能动手。

宋日土与孙万山，由于意见不合，多次争吵，渐渐发生了矛盾。其实，他们在骨子里都是反共的，只是所采取的方法不同而已。

夏去秋来，寒来暑往，眨眼工夫，已过一年了。

孙万山眼看着草荡周围，抗日游击队如雨后春笋，风起云涌。共产党的标语："实行民族主义，坚决反抗日本帝国主义……""实行民权主义，人民有抗日救国的绝对自由……"不仅可以贴在孙家墩集上，有的还用粉笔，写到他孙万山的墙上。这期间，丁根柱的游击队，大摇大摆，出入孙家墩，宋营的士兵都不闻不问，有时在茶馆酒店里，还坐到一个桌子上。这一切，在孙万山来说，都是不可容忍的。因此，他们互相之间，争权夺利，钩心斗角，也就越来越厉害。

这一天，大清早上，孙万山的随从送来一张请帖，邀请宋日土过府早餐。

太阳已经有树头高了，宋日土的房子里，还点着洋蜡。据说，宋日土有个怪病，睡觉时一定要点着灯。如不点灯，就会做噩梦。

吴小溜手中拿了这张请帖，走到宋日土房门口。尖起手指，将门帘拉开一点缝来，罩起眼，套在缝上，向里看看，见宋日土活像一条刮去毛的肥猪，直挺挺地横在床上，一声接着一声在打鼾，便轻轻走进房门，将请帖摆在桌上，把洋蜡吹灭。顺手偷了两支香烟，装在袋里，又溜出门来。

"勤务兵！"

吴小溜刚刚走进院心，忽听宋日土在房里叫起来，转答道："有！"便大三步，小两步，又回到后屋，将已准备好的漱嘴水和洗脸盆，端进房里去。

宋日土披着睡衣，趿着拖鞋，斜起眼来，看看吴小溜："唉！"接过漱口水。

吴小溜一听到这哼声，不由打了个寒噤，他担心刚才偷了两支香烟，被宋日土发现了，很小心地说道："孙家一早过来人，请长官到那边用点心。"

"把刮胡刀拿来。"宋日土的声音很硬。

吴小溜退出房门，打开抽屉，装好刮胡刀，说道："事务长刚才来了，说运到兴化那批货，正好赶上行市。"

"去把皮靴擦擦。"宋日土的脸上仍是如冰块一样。

吴小溜走到床前，伸手提起皮靴，又补充一句道："到益林去的人也回来了，洋布销路很好，这一趟，可净赚到一万……"

"茶拿来。"宋日土把手巾，狠狠地往洗脸盆里一掼。

吴小溜为了想使宋日土忘记那两支香烟,尽拣一些吉利事情,来向他报喜,可是始终没有换到他一个笑脸。更加小心地捧上茶壶。

宋日土捧着茶壶,喝了两口,往桌上一放,换上军服,背起武装带,跷起腿:"靴子拿来。"

吴小溜双膝跪在地上,替他套上皮靴,接着挽起袖子,又在脚面上擦擦,说道:"桥东一早又来人,问那二斤土,是不是出手……"

"知道了。"宋日土气汹汹地走出门去。

吴小溜见宋日土终于没有提到那两支烟的事,擦去额角上的冷汗,赶忙站起身,背上盒子枪,放心地跟在宋日土后边走出大门去。

孙万山一清早,托着鸟笼,在门前走来走去,抬头见宋日土走来,多远便迎上去,说道:"贵人难请呵!"

宋日土抱起双手,拜观音似的拱拱手道:"实是对不起。听说七少爷回来了,昨天就想过来拜访,嘿,公务繁多,实实分不开身。"

孙万山道:"目前的战局,有什么新的消息吗?"

宋日土摇摇头道:"有关战局方面,唉!无可奉告。"

孙万山和宋日土,肩并肩,边谈着话边走进大门,穿过过道,来到客厅门口,谦让道:"请进,请进。"

宋日土拉着孙万山道:"你在前边,你在前边。"

孙万山道:"没有这个道理,我是主人嘛。"宋日土道:"这么说,我到孙老这里来,还是个客人了。好!我就失礼了。"

孙万山将手中的鸟笼挂到葡萄架上,向西房里叫一声:"秋儿,拿茶来。"随在宋日土身后,走进客厅,拉过一张红大椅子,道:"请坐。"

宋日土谦让道:"好好。"靠着桌边坐下。

秋儿捧着茶盘,走进客厅,沙沙斟满一杯茶,放到宋日土面前,很有礼貌地叫了一声:"请用茶。"

这个秋儿,明是孙万山的使女,实际已成为他的第七房。宋日土知道底蕴,因而也很客气地欠欠身,道:"谢谢。"

孙万山从秋儿手里接过杯子,问道:"七少爷起来了吗?"

秋儿道:"一清早,就和小姐出去赛马了。"

孙万山道："叫小托找一下，有客人来了。"

秋儿刚刚走出门，另一个女的，在院子里大声叫起来："爸爸，你看看七哥，被马踩成肉泥了。"

宋日土坐的位置，正好面对门口，一见这个女的，身穿黄呢军服，肩背武装带，腰里斜插一支德式手枪，脚蹬高筒皮靴，手拿马鞭，走进客厅，好像没有看到宋日土似的，心中就有几分不快。

女的正要讲她哥哥摔下马来的情景，孙万山忙阻止道："佩岚，这里有客人。"

佩岚很傲慢地看了宋日土一眼，把身子一扭，走出门去。

宋日土看看佩岚的背影，问孙万山道："这位小姐是孙老的……"

孙万山道："是我九女。"

宋日土惊讶道："这是第九个？"

孙万山笑笑道："是多了，还是少了？不瞒老兄说，在她的下边，还有七个。"

宋日土道："不知孙老有几男几女？"

孙万山道："九子七女。都是一些无用之辈。"

宋日土道："来府多次，怎么从未见过佩岚小姐。"

孙万山道："她原在外上学，自从南京失守，她便弃笔从戎，随她二哥，在军中服务。"

宋日土探问道："现在回家是……"

孙万山道："因她七哥，从日本留学回国，约她一起回家探亲，明日即动身，到她大哥那儿去。"

宋日土道："这一路，行走还方便吗？"

孙万山道："她七哥，留学日本，在军务方面，多少也认识几个人，这点方便，还是有的。"

宋日土一怔，笑道："孙老，莫怪宋某多言。在两国交兵之际，与日本人往来，不怕国人唾骂吗？"

孙万山脸色顿时晦暗起来，忙又转变口气道："只是她赴川心急，有此念头，我并未同意。"

宋日土道："我想，孙老是深谋远虑之人，决不会听从佩岚之意，做出如此蠢事。"

孙万山强装起笑脸，说道："今天，请你过来，并不是商讨佩岚行程，我是想问问你，共产党的武装，在草荡边上日渐活跃，不知老兄有何良策？"

宋日土道："丁根柱那几条破枪，谅也难成大事，何必挂齿呢？"

孙万山道："你没有想到，在丁根柱的背后，隐藏着不可抵御的力量吗？"

宋日土震惊地站起身，道："力量？什么力量？"

孙万山道："今天，坦率一句，我的心病；并不在那几十条枪上，而是共产党和荡边上的那些农民。"

宋日土不以为然地走到金鱼缸旁，胸有成竹地说道："孙老，金鱼养在缸里，伸手可捉呵！"

孙万山道："我应该提醒你，于乐群在荡边上，养出来的金鱼，已不是一缸，而是几缸，几十缸。有的，甚至已养到你家里了。"

宋日土惊骇地坐下，呆愣了好半天，突然问道："怎么？你说我宋营里有人私通共党？"

孙万山道："我早就和你说过，不要上共党的圈套，什么抗日民族统一战线啊！什么联合啊，什么一致对外啊，这都是共产党的手段。等他的武装壮大了，有了地盘了，就要张开嘴，一口吃掉你。"

宋日土站起来暴叫道："姓宋的也不是块肥肉，他想吃就吃，看他有没有长好牙齿。"

孙万山火上浇油地说道："我早说过：麻雀没有出窝的时候好掏，现在翅膀已经硬了。恐怕不那么好对付了。"

佩岚走进来，向父亲使个眼色道："爸爸，妈妈找你去一下。"

孙万山站起身，向宋日土道："对不起，内人近来有点不爽，我去去便来。"

宋日土道："请便请便。"

孙万山又转向佩岚道："佩岚，你在这里，陪宋司令坐坐。"

佩岚早抽出烟卷，送到宋日土面前道："请抽烟。"

宋日土慌忙接过烟卷，道："谢谢。"

佩岚摸过茶杯，倒去冷茶，斟上热茶说道："宋司令，近来身体好吗？"

宋日土一边接过茶杯一边答道："很好很好。"

佩岚道："听说宋司令目前正在大力扩充队伍，类似我们这样的青年，不知对宋司令还有用否？"

宋日土道："佩岚小姐是有志之才，宋某不敢小用。"

秋儿提着水壶，走进门来，把他们的谈话打断了。

这时，从耳门后面，断断续续地传来两个人争执的声音：

"真急人。和这样的饭桶，有什么圈子可绕的。给他明说：要他掉转枪杆，归顺井龟大佐，效忠天皇。"

"务本，要从长计议，这是关系到你哥哥的声誉的大事。"

"哥哥？他若不同意，就不会叫佩岚回来。"

"佩岚带回来的书信，并没有明确表示同意你的见解。"

"真是，想吃羊肉，又怕膻味，那怎么成？你不应忘记，九年之前，共产党就打过孙家墩。在我们家大门上，也贴过'打土豪，分田地'的标语。现在不是越贴越多了？"

宋日土只顾和佩岚说话，没听清后面说了些什么。当他正要细听时，后面反而沉默了。只听见一声哀叹："唉！"

秋儿泡上一壶新茶，刚刚走出门去，孙万山领着一个青年，走进客厅，笑呵呵地说道："来来，你们认识认识……"

这个青年，年约二十八九，身穿西服，嘴衔日本制烟卷，趿着拖鞋，未等孙万山把话说完，抢上一步，自我介绍道："孙务本。"

宋日土忙站起身，自我介绍道："兄弟姓宋，单字昶。"

孙万山又补充道："蠢子务本，刚从日本回来。今后还望宋司令多多栽培。"

宋日土拱拱手道："岂敢岂敢。务本兄，这次回国，是否也因两国交战，弃学归里。"

孙务本毫不谦让，在父亲身旁先坐下，说道："本人回国，与战争当然有关了。不过，我是研究经济学的，与政治无关。"

宋日土道："过谦了。国家存亡，怎么能与我们每个人没有关系呢？"

孙务本轻蔑地笑笑道："我想请问宋先生，武汉沦陷，长沙失守，国府迁川，汪氏飞往河内，转道上海，归顺日本，回到南京，重组政府，对这一连串的变化，不知宋先生有何感想？"

宋日土道："军家胜败，乃是常事。汪精卫叛国，投顺日本，实是国人不幸，军人的耻辱。"

孙务本道："共产党以民族解放为口号，草荡边上，抗日游击队如雨后春笋，风起云涌。对这一新的形势，宋先生又有何感想呢？"

宋日土想了想道："以愚兄之见，实行'总理遗嘱'，唤起民众，一致对外是民心所向，这是上策。"

孙务本道："宋先生难道忘记蒋委员长的'攘外必先安内'的教导吗？"

宋日土原先听说务本留学日本，是个经济学家，因此，尽找些进步词句，以表示他的民族气节，抗日的决心。一听孙务本的语气，对他这一套，并无兴趣，眉毛一扬，笑了笑，反问道："以兄之见呢？"

孙务本道："我是研究经济学的。对一切问题，都追求价值法则。"

宋日土问道："守土抗战，没有价值吗？"

孙务本道："'守土抗战'这个名词，是蒋先生创造的，可是，他手下几百万军队，已被日军打得落花流水，溃不成军，逃上峨眉山。这就是他的价值。"

宋日土道："我想请教，务本兄所谈的价值，不知是指的哪一方。"

孙务本道："目前宋先生正在与共产党，谈什么合作，你以为这是有价值的吗？"

宋日土哈哈大笑道："嗨嗨，我那个所谓合作，不过是为着喘口气，做好准备，去消灭他。"

孙务本道："对国军，抗日的前途，宋先生是否也有所预测呢？"

宋日土摇摇头道："战局发展得太快，太快，一切都很难说了。"

孙务本道："既然是这样，宋先生对自己的前途就应该有所考虑了。"

宋日土沉思了片刻，探测道："愚兄是个粗人，还望务本兄提示。"

孙务本道："你是个聪明人。大厦已倾，大势已去，该选择什么道路，用不着我多言。"

宋日土道："以兄之见，是走汪精卫的道路吗？"

孙务本道："今天这个屋子里，除了家父与佩岚，并无外人，我们可以做一笔交易。你的部队，可以开进城去，一切给养都由日方担负，还可以委派你一个城防司令。"

宋日土站起身，笑笑道："你找错了人。日本人与我有杀妻之仇！"

孙务本道："我提醒你，也不要忘记青龙桥之辱。"

宋日土脸唰地红了，呆愣了好半天，说道："再见！"

孙务本傲慢地道："佩岚，送客。"

孙万山一见宋日土要走，忙上前拦阻道："老兄，还没用饭，怎么能走呢？佩岚，叫秋儿摆桌子。"

宋日土道："不，不，近来身体不爽，应该回去了。"

佩岚道："宋司令，在国家存亡的关头，我们应该共同求得生存，才是良策。"

宋日土的腰杆，不由得软了一下，停住脚步，道："佩岚小姐有何良策，愚兄倒要领教。"

佩岚道："以我之见，中国之命运，不亡于日，定亡于共。两者之间，必择其一。"

宋日土道："孙小姐之见，是选日，还是选共呢？"

佩岚道："恕我冒昧。按照共产党的说法，家父是土豪恶霸，是革命对象。宋司令在这一方，称王称霸，敲诈勒索，奸淫抢劫，民愤极大，共产党若得天下，对宋司令又能例外么？人无远虑，必有近忧，利害得失，应有戥秤。"

孙万山进一步说道："坐下，坐下，一切从长计议。"

佩岚又补充道："民族感情，人人皆有，从个人存亡着想，又不得不加以深思。"

孙万山道："上次青龙桥事件，还不叫人寒心。要不是几个弟兄相救，不成肉泥，也要打成饼子呵。"

佩岚道："共产党素以群众为后盾，到了群众都有了枪杆子的时候，就不会再有青龙桥那么便宜了。我们对群众做过些什么事情，人人心里都得有本账，才会想得远些。"

孙佩岚这番言语，使宋日土的心为之一震，默默哀叹一声："唉！"又在凳子上坐下。

佩岚见大事已成，忙喊道："秋姐，桌子摆好了没有？"

宋日土忙说道："我心情很乱，不想吃饭。我现在倒想知道务本兄的底牌，究竟是什么？"

孙务本的态度，也稍微和缓了些，说道："宋先生不愿走汪精卫的道路，不过，汪先生提出曲线救国……"

宋日土扬手阻止道："不谈汪精卫，他那些都是废话。我要知道，你和日本人的关系。"

孙务本警惕地摇摇头道："关于这方面，不需多问。要谈关系，只不过和井龟大佐是个同学而已。我所以多舌，也不过是为你和家父着想。"

孙万山叹息一声："唉，落入共党之手，尸骨全无呵！唉！共产党才是我们的死敌呵。"

佩岚道："我们是否可以设想，再找出第三条路来呢？说实话，我也不赞成走汪先生的道路。"

孙万山故意发急道："要是能有第三条路可走，何必还去归顺，就是找不出嘛。"

佩岚道："是不是可以这样设想，双方来一个君子协定，各守一方，互不侵犯，联合反共。"

孙务本沉思一下，就道："那得有个条件：在一个月之内，消灭共产党的游击队。"

宋日土站起身道："你的话可以作数吗？"

孙务本道："这点小小的主，我还是可以担承的。"

宋日土把胸脯一拍道："不是一月，只需十天，宋某全部消灭丁根柱的游击队。"

孙务本笑笑道："共产党不是那么容易对付的吧？"

宋日土道："他有几支枪，有多少子弹，都摆在我心里。还消灭不了他？"

孙务本嘲讽地道："我知道，你对他们的情况很了解，你挂过赏银，捉拿过丁根柱,你也到荡里'清剿'过丁根柱。可是,都以失败而告终。"

宋日土往桌子一拍,嚎叫道:"长他人之气,灭自己的威风。你太小看我宋某了。"

孙务本奸笑笑,翘起一个指头道:"并不是我小看你。和共产党打交道,确实还差这么一点点。"

孙万山打岔道:"务本,你太狂妄了。"

孙务本道:"要不狂妄,只可智取,不可力敌。"

宋日土道:"好,我就看你这张王牌。"

孙务本略思片刻,道:"今天是阴历初几?"

佩岚道:"你不是翻过日历吗?五月初二,怎么忘了?"

孙务本道:"再过三天,不就是端午节嘛!"

宋日土道:"端午节又怎么样?"

孙务本道:"我想,现在我们应该去吃饭了。"

孙万山立即附和道:"对对,菜已凉了。"

佩岚走过去,向宋日土道:"请,到后屋去坐。"

宋日土向这三张阴沉沉的笑脸上看看,走出门去。

19

丁根柱游击队,已不是七八个人,而是上百号人的队伍了。

这支队伍,是一支土生土长的队伍。拿起枪杆,便是一支打仗勇猛的军队,拿起锄头,一个个又是劳动生产的能手。一面打仗,一面生产,非常受到群众爱戴。

这一天,大清早上,全队人马,分成三路,同时出动,下田去帮助群众锄秧草。

根柱是随着招弟的小队,一到了地里,大成和根柱挑起战来,你追我赶,一个不让一个,干得好欢呵。

太阳渐渐爬上屋顶了。

大喜子把盒子枪挎在肩上,一路咿咿啊啊,唱着扬州调小放牛,向地里走来。

招弟好远就看到大喜子子。也不知怎的,近来,她对大喜子子,越看越不入眼,忍不住向大成道:"你看看,大喜子子那个样子,活像个二流子,人家都在这里劳动,他背着枪,到处乱闯,像话吗?"

大成道:"我向根柱哥提出过,大喜子有点学油了,不宜做侦察员,他硬说大喜子精明。"

招弟道:"嘿!就是他惯出来的。"

二十几个人,是排开队,一顺头往前锄的,根柱已远远地赶到前边,所以对招弟和大成的议论,没有听见,也没有看到大喜子子。

大喜子子走到田头,两手叉着腰,神气地"咳"了一声:"咳,锄得不错嘛!好好干,今年再来个大丰收。"

招弟生气地道:"你干吗,人家一早就忙着下地干活,太阳早上屋顶了,你才晃着来。"

大喜子满不在乎地一笑:"嗨,干吗的?你管得了!"

招弟道:"我为什么不能管,不爱干活的人,人人都可以管。"

大喜子摇摇头道:"我有重要任务,你管不了。"

大成觉得大喜子实是越来越随便了,和姐姐说话,也这么油嘴滑舌的,就说道:"不要耍嘴皮了,你有什么任务,说给大家听听。"

大喜子道:"这是特殊任务,不能对你讲。"

招弟道:"你扯谎,谁交给你的任务?"

大喜子道:"你说扯谎就是扯谎吧,好,你问问根柱哥,是他叫我在家里,另有任用嘛。"

根柱开始还以为他们姐弟在斗嘴玩的,见招弟越说越认真了,便道:"今天早上,是我把他派出去的。"

大喜子得意地摊开双手,向招弟撇撇嘴道:"怎么样,不是我扯谎吧!"

根柱道:"好好,用不着斗嘴啦!你去了没有?"

大喜子子走到根柱身旁,故作神秘地用手罩着嘴,轻轻地说道:"我走在半路上,情况就发生变化啦。于政委要你马上回去。"

根柱一怔,问道:"什么事啊?"

大喜子子道:"你到家就知道了。"

根柱还以为大喜子是在开玩笑,骂道:"小鬼,你装得这么神秘干吗?有什么不能讲的?"

大喜子把脸一沉,说道:"于政委也没有对我讲,我又怎么知道呢?他要你回去嘛。"

根柱从大喜子脸色中,觉察到定有重要事情,又问道:"就是找我一个人嘛?"

大喜子道:"玉田和二锁,已派人去找了。叫招弟也跟你回去。"

根柱走上田埂,向战士们说道:"队伍由大成负责,招弟跟我回去。"

招弟听说也要她回去,脑中一闪,便想到敌情,忙洗洗手,扛起锄头,就往回走。她越走越不放心,问大喜子道:"是不是要打仗啊?"

大喜子扭回头看看，已离开田头好远了，说道："根柱哥不瞅眼色，刚才那么多人，你硬问我什么事情，我怎能对你讲啊？"

根柱笑着道："像个老练的侦察员。现在可以讲了吧！"

大喜子道："今天早上，我一进了孙家墩圩子，就听街上的人纷纷议论，说什么宋日土和丁根柱已经和好了，两家快要并成一家了。我一听，这话不对，定是敌人放出的谣言。我们是人民的军队，怎么能和宋日土合并呢？我马上去找余友才，果然不错，宋日土又在玩鬼了。"

根柱道："怎么，他又想动哪？"

大喜子郑重其事地说道："不仅是想动，而且是想大干啦！"

招弟轻蔑地道："大干，又能怎么样？"

大喜子道："你知道吧！孙万山七儿子和九闺女都回来啦。昨天把宋日土请到家里，鼓捣了一整天，宋日土回去，又召集亲信，开了半夜会。"

根柱急问道："会上都说了些什么？"

大喜子道："余友才也不知道，他正在想法了解。一有消息，马上报信来。嗨，我从孙家墩一回来，见院子里放着三口大肥猪，杀得好好的，刮得雪白雪白的。另外，还有两坛酒。听说是宋日土送来的。慰劳我们，让我们美美过个端午节。我心里觉得太奇怪了。这酒咱们能吃吗？"

招弟道："黄鼠狼给鸡拜年，一定不怀好意。"

大喜道："就是嘛。于政委叫你们回去，就是研究这事哩。"

根柱和招弟等三人，走到祠堂门口，于乐群已站在院里，等着他们了。于乐群指指院心的三口大肥猪说道："你们看，肥猪已送上门来了。"

根柱话里有话地说道："送上门来，就吃掉呗。"

于乐群竖起食指，嘘了声，伸手将根柱拉进屋子，说道："声音放小些。"

根柱问道："人还没有走吗？"

于乐群道："她提出要看看群众生活，这显然是想侦察我们的防御设备。我就叫二锁子领着她，村里村外由她去看去。"

根柱道："究竟是个什么样的人物？"

于乐群道："她自称姓邹，说是宋日土的秘书。我们掌握的情报，她叫孙佩岚。孙万山的九女儿。一个狡猾的军统特务。"

根柱道:"噢!可真是个大肥猪哟。"

于乐群向房里叫道:"玉田,我们来研究一下。"

玉田从房里出来,向根柱笑笑道:"宋日土脑后有反骨,真被你看准了。"

根柱道:"这些地头蛇,要不反对我们共产党,他就要失业了。"

于乐群道:"大喜子,你到大门口去。要是看见那个姓孙的回来了,轻轻哼一声,你就走开。"

大喜子调皮地应了一声:"得令!"转回身,跑出大门去。

于乐群让大家都坐下以后,说道:"情况非常简单,根据我们得到的情报,孙万山的七儿子孙务本,是日军联队司令井龟大佐的随军翻译官。最近和他的妹妹孙佩岚相继回家,与宋日土见了面。今天一早,宋日土以过端午节为名,特派秘书送来三口肥猪,两坛洋河大曲,来慰劳我们。这是麻痹我们的手法。一面又暗暗在封锁船只,积极做进攻我们的准备。根据这些迹象来看,可以肯定,日顽已勾结到一起,要下手袭击我们的抗日游击队了……"

根柱插嘴道:"实际上,他们的鼻子已经伸到我们的脚下了。"

于乐群继续讲道:"自从日寇占领两淮以后,我们一向是以抗日为重,不咎既往,宽大为怀,团结抗日,一致对外。宋日土这支土顽部队,自从青龙桥摩擦之后,所以按兵不动,主要是因为我们积极抗日,得到人民群众的信任与拥护,他才不敢明目张胆地进攻我们。如今他既背信弃义,丢掉他的抗日假面具,公开配合日本鬼子,向我们举行军事进攻,我们必须立即采取对策。"

玉田道:"看样子,这一次不打是不行了。过去几次,和我们闹摩擦,都放过了他。这一次要狠狠教训教训他。"

于乐群道:"人不犯我,我不犯人;人若犯我,我必犯人。这话是毛主席早就讲的。宋日土既然与日本鬼子勾结起来,公开来进攻我们,我们就坚决地打垮他,消灭他。"

招弟道:"对,狠狠打。"

玉田道:"不过,我们还得弄清楚,宋日土可能在什么时候动手。我们要执行党的政策:坚决不打第一枪。"

根柱道："乐群刚才不是讲了吗？他是以端午节为名来慰劳我们的，敌人动手的日子，一定也是在端午节。"

于乐群问招弟道："你对根柱这个估计，是怎样看呢？"

招弟沉思一下道："照这么说，敌人不是把进攻的时间已经告诉了我们吗？我看，宋日土也不会那么傻。"

玉田道："我赞成根柱的分析。这是军事嘛。从古至今，所有用兵的人，都是虚虚实实，实实虚虚。要说是孙万山这个老家伙，的确有些狡猾。要提起宋日土，我看他并不怎么高明。利令智昏嘛！一定是有什么好处，冲昏了他的头脑。他只在打自己的如意算盘，不知不觉地就露了馅了。'三国'里的司马懿也并不傻。可是诸葛亮，大开城门，坐在城楼上，请他进去，他却退兵四十里。"

招弟笑道："你说的那些，净是小词书上的事，和我们现在怎能比哟。嘿！我才不同意呢！"

根柱道："不要争了。来者不善，善者不来。不管他怎么样，先下手为强，我们就在五月端午这一天，先把孙家墩拿下来再说。"

于乐群道："看起来这一仗是非打不可了。你的意见，这一仗应该怎么打呢？"

根柱道："要我说，一句话，把各路游击队都调来。小小的孙家墩还怕攻打不开吗？"

于乐群道："你对敌人的估计，我很赞同，但是你这种硬打硬拼的作战方法，我不赞成。"

根柱道："该拼时也只好拼！革命者，要永远勇往直前。这话不是你常对大家讲的吗？"

于乐群道："是我讲的。但是，在敌强我弱的情况下，想一口吃成个胖子，我是不赞成的。"

玉田附和道："对！打仗也像做买卖一样，赚钱才能干，蚀本可干不得啊！"

招弟道："你光站在一边，评头论足，不赞成别人的意见，就拿出你的办法来吧！"

玉田笑笑道："我也正在盘算嘛！可这是性命交关的事，不像你下荡捞鱼摸虾那么随意，那么简单。"

招弟道："好！大家都不说了，听你的吧。"

玉田站起身，走到于乐群身旁，伸手拿过烟袋，装上一锅黄烟，捧在手上，沉思了好久，手支到桌角上，用指头在手掌心比画比画，问于乐群道："你看这样干，行不行？"

玉田先想的是个声东击西的办法，用一支部队，在敌人来的路上，鼓噪呐喊，再用主力从侧翼集中打击，击溃敌军。

于乐群想了想说道："我也想到这个办法。不过，我们要考虑到，日顽既然勾结，就一定有配合，对鬼子这一路，我们又怎样对付呢？"

玉田思索了好久，又补充道："敌人的爪子不是已经伸过来了吗？那我们就将计就计，在丁家坝下钩子，多放点食，把他引过来。我们再直捣到他的老营去。"

根柱着急地说道："你把办法详细地给大家讲讲。光摆在你俩的肚里怎么打仗？"

玉田走过来，把他的想法，又作了一些说明。根柱听完以后，猛力往起一站，捶着桌角道："对！这里放个空城计，对付日本鬼子和宋日土，我们抄他老家去。"

于乐群更明确地说道："这里也不是空城，是个陷阱。给他布好地雷，让他到处挨打。"

大喜子站在祠堂门前的大槐树下，拿着一把扫帚，在给水牛刷洗身子，忽然听到二锁子的声音，抬眼一看，见二锁子陪着一个穿军服的女人走来，后边还跟着一个背盒子枪的勤务兵。大喜子一眼就认出，是宋日土的勤务兵吴小溜子。连忙朝祠堂里"咳"了一声，一边拉着牛，若无其事地到河边去饮水了。

于乐群听到大喜子的"咳"声，忙向根柱道："'客人'来啦，大家看眼色行事。要镇静，不要露出形迹，打草惊蛇。"

根柱鄙夷地说道："叫我和汉奸打交道，我不干！"

于乐群思索了一下，知道根柱的脾气，他不在这里也好，就扶着根柱的肩膀,送到后门口,说道:"好,你走吧。我来对付这条毒蛇!"

于乐群折转来时,孙佩岚已经走进祠堂的院子。于乐群迎上来,笑道:"在庄上走了一圈,累了吧?"

孙佩岚连连答道:"我兴奋得很。不累,不累。"

这时,李进拿着杯筷,走进门来,说道:"开饭了。"

孙佩岚道:"不忙,不忙,还是让我们先扯扯。"

于乐群扬扬手道:"好,先吃饭吧!边吃边扯,反正不用急,今天晚上,就住在我们这里。"

孙佩岚道:"说心里话,我到了你们这里,一看到你们这些士兵,都是那么可爱,真的不想走了。可是,军务在身,不能由我做主。"

于乐群道:"没关系。既来之,则安之。那么急干吗?"

大家入座以后,玉田向门外叫了声:"来酒。"

李进应了声,一手端着菜,一手提着酒壶进来。

孙佩岚看看桌上的菜道:"一到这里,就叨扰了。"

于乐群道:"我们并没有什么招待,只不过是来人吃来物而已。"嘴说着,抢先抓过酒壶,沙沙为孙佩岚斟满杯子,接着说道:"来!干杯!"

孙佩岚很有礼貌地站起身,举杯道:"请!"

于乐群喝干杯子道:"今天大家感到很痛快,喝酒一定要尽兴呵。"

二锁子接声道:"好!拿碗来。"

孙佩岚看了二锁子一眼,问道:"你们喝酒都爱用碗吗?"

玉田道:"我们这位兄弟,喝酒向来都是用碗的。"

孙佩岚抢过酒壶,为二锁子斟满酒,举起杯道:"为着我们的友谊,干杯!"

二锁子并不说话,端起碗,咕噜咕噜,喝光了酒,把碗往桌心一放,道:"干!"

孙佩岚又抢过壶,为二锁斟满酒,道:"好,干!"

当二锁子喝到第三碗酒时,招弟伸手抢过碗道:"不成,邹秘书的杯子没干。"

孙佩岚故装醉意道:"我已醉了。"

二锁子道:"不准说醉,说醉罚酒三杯。"

孙佩岚往桌角上一伏,嘟嘟噜噜道:"我醉了,我醉……醉……"说着说着,昏昏迷迷地睡了。

于乐群向招弟使个眼色,道:"招弟,把邹秘书扶到房里去躺一会儿吧!"

招弟走过去,架起孙佩岚到房里去了。

20

太阳渐渐偏西,孙佩岚向于乐群辞行。于乐群见强留不住,就向招弟说道:"邹秘书的勤务兵哪里去了?你去找找。"

招弟道:"你不是说过,要给宋司令送些鱼吗,他和大伙儿一起去打鱼了。"

于乐群不高兴地说道:"怎么叫客人去打鱼呢?都是黄鱼脑袋。"

孙佩岚乘机说道:"不要紧,我们的船到荡里弯一下就行了。"

于乐群面有难色地说道:"现在风不顺,荡里不能去。"

孙佩岚以为发现了什么新问题,于乐群坚持不让下荡,可能那里有什么机密,那就更要去看看。她笑笑说道:"风向不顺也没关系。多走几步路也不算啥。"

于乐群沉吟了片刻,似乎勉强同意,又有点不大放心的样子,对招弟说道:"邹秘书既然要走,荡里怕有风险,你就去找找徐参谋,要他送邹秘书一程。"

招弟道:"玉田下地帮助群众锄地去了。"

于乐群发脾气道:"太不像话了。家里一个人也不留,敌人来了怎么办?二锁子呢?"

招弟吞吞吐吐地说道:"二锁子中午多喝了两杯,现在还蒙头睡着。"

于乐群道:"把他喊醒来。一喝酒,什么也忘了。"

孙佩岚上午和二锁子走了一圈,知道这个人心直口快,嘴上没边,现在又派他送自己回去,唯恐失去良机,就故意说道:"我看不用麻烦他了。我自己划着小船就行。"说着,提上手提包,就往外走。

于乐群道:"好,今天我也就不留你了。"

孙佩岚走到祠堂院子里,停下脚,向四面观察了一下,道:"这个祠堂不大嘛,有多少间房子?"

于乐群道:"不少呵。一共有十七间房子。"

孙佩岚道:"你们的队伍,平时全住在这里,不嫌挤吗?"于乐群有意支支吾吾道:"嗯……还好。"

孙佩岚见于乐群满嘴支吾,也就不好多问。走出大门,灵机一动,又转换了话题,说道:"于政委,我向你提个建议可以吗?"

于乐群道:"不仅是可以,而且非常欢迎。"

孙佩岚道:"孤零零的一个祠堂,周围四通八达,连个防御工事也没有,这有点不好吧。我建议你们,最好筑个土圩子……"

于乐群笑道:"这一点,我倒可以奉告,我们的队伍,不是依靠土圩和碉堡,依靠的是群众,就是那些真心实意地拥护共产党的人民群众。"

孙佩岚笑笑道:"我还是不能理解。"

刚说到这里,招弟迎上来道:"船已弄好了,就请上船吧。"

孙佩岚伸出手道:"今天,虽是初见,受益不浅,以后有机会,再多多请教。"

于乐群道:"好!不送了,祝你一路顺风。"

二锁子好似还没有睡醒,他摇摇晃晃地上了船。孙佩岚刚刚踏上去,还没有坐稳,他就气鼓鼓地拨开船头,挥动双桨,钻进那一眼望不到边的芦苇丛里。

再生的芦苇,已长出水面,有一人多高。

一只小木船,进入一条沟槽,弯弯曲曲,越走越深,满眼除了芦苇,就只有头顶上的一线蓝天。

孙佩岚坐在船头上,原先是脸朝前,细心观察一切。经过几十个弯子一转，好似进了迷魂阵，连东西南北，也辨别不出来了，只有把身子掉转过来，呆呆地看着二锁子。

二锁子两眼火红火红，好似触人牛一般，看着孙佩岚，挥舞着双桨。

孙佩岚一看到二锁子的脸色，心里不由嘭嘭地乱跳起来。她唯恐二锁子突然飞起木桨，迎头一下，将她打落到翻腾的波浪中。

二锁子从孙佩岚惊恐的双目中，完全掌握了她的思想活动，手中的木桨，越飞越高，从两边向孙佩岚头上飞去，吓得孙佩岚左躲右闪，无法招架，只有缩起头，蜷到小小的船舱里。

小船前进的方向，出现的岔道，越来越多。但是，显然不同的，每个岔道上，都露出一个小小的木船。船头上插着一根二尺来长的红布旗帜，在船里还放了一对木桨。

孙佩岚的心脏，经过三十分钟剧烈的跳动，眼前一闪，在小船前进方向，呈现出白茫茫的湖面。

二锁子子放下木桨，让船漂游着，摸出旱烟袋，把头歪到一边，抱着双膝，抽起烟来。

孙佩岚愣愣地看了好久，神志才清醒过来，小心地问道："我们现在到了哪里？"

二锁子子直杵杵地回道："你不是要看我们的阵地嘛？瞧瞧这里，宋日土第一次下荡来捉丁根柱，就是在这个地方，碰了一鼻子灰。"

孙佩岚从二锁子子说话时喷出的酒气中，断定二锁子还在半醉半醒中，因此，他把小船下荡的任务搞错了。孙佩岚心里暗暗高兴。她大着胆子，假装糊涂地问道："我们刚才进来这条路……"

二锁子不假思索地答道："这一条道嘛。来的是进口，这里是出口。离开这条道，就是八洞神仙，钻进这个芦柴丛里，也无法摸得出来。"

孙佩岚道："那些小船上……"

二锁子不耐烦地道："那就是阵地嘛！每一只船，就是一个据点。打起仗来，每个小船上，有三支枪，一双木桨。两把鱼叉，埋伏在芦苇丛里，不管什么敌人，只要进入这个阵地，不是挨了枪子，就要被叉下水去。怎么样，知道了吧？"

洪泽湖的故事——雄鹰

孙佩岚笑道:"我是问那个小旗,做什么用的?"

二锁子道:"那是引路的。看到红旗,船头就要往左转弯,如向右转,便进入死胡同,再也摸不出来了。"

孙佩岚默默地思索了一下,认为这是意外的收获,不应久留,以免被于乐群发现,忙笑笑道:"你知道他们打渔的人在什么地方吗?"

二锁子不耐烦地道:"你还要到打渔场去?"

孙佩岚道:"不是我要去打渔场,这是于政委交代的任务,要我走那里弯一下,顺便装船鱼回去,给弟兄们过节。"

二锁子"哼"一声:"过节?今年可要好好过个节哩!"

孙佩岚道:"是啊!国共已经合作了,成了一家人了。乐得痛痛快快过个节。"

二锁子咂吧着嘴说道:"要是有酒就好了。有菜无酒,多不过瘾。我就喜欢喝酒。"

孙佩岚赔笑道:"今年过节,你可痛饮一番了。"

二锁子磕磕烟袋,应了一声:"一定。你要能再来,就更加热闹了。"说完,摸起桨,划着小船,奔打渔场去了。……

孙万山和孙务本,打中午就陪着宋日土,坐在客厅里,等候孙佩岚的回音。直至太阳渐渐落山了,屋里已蒙上一层黑影,在这暗淡的时刻,孙佩岚的突然出现,才使这焦虑不安的局面活跃起来。

孙务本根据妹妹的情报,当即画好了一张丁家坝形势图,拟订出作战方案,与宋日土草草交换了意见,立即骑上马,连夜赶进城去,面见日军司令官井龟大佐。

井龟大佐是日军联队司令。刘河一战,被丁根柱游击队打掉一只右臂,现在已成为一个独臂指挥官了。

井龟左手指夹着烟卷,摇着空袖筒,在屋里晃荡几步,回到桌旁,皱着眉,默默地看着孙务本带回来的地图。他看了好久好久,最后才抬起头,问孙务本道:"上面所写的情况,都是可靠的?"

孙务本擦擦额角上的汗珠,小心地回答道:"这张地图,是经过实地视察,而后绘出,应该说是十分可靠的。"

井龟道:"他们有多少人?"

孙务本道:"丁根柱的游击队,确实的人数,是七十三名。"

井龟道:"枪支?"

孙务本道:"步枪五十八支,盒子枪三支,日式手枪一支。每个士兵,身上背的子弹袋,乍看都是装得满满的,实际都是高粱秆,真的子弹,最多也不过十五粒到二十粒。这些,都是亲眼所见的。"

井龟怀疑地问道:"他们的炮,是什么炮?"

孙务本笑笑道:"根据我这次回家的了解,刘河那次战斗,用的并不是什么大炮,而是荡里打野鸭用的一种土药炮。"

井龟惊叫起来:"是打野鸭子的?"

孙务本小心地点点头道:"是的。"

井龟道:"有多少门?"

孙务本道:"这种土药炮,不是以门来计算,是根数。在荡边上,差不多家家都有一根。它一来可以打野鸭,二来可以防土匪。"

井龟抡起唯一的独拳,在桌角上猛击一拳,嚎叫道:"把它统统地消灭掉。"

孙务本又进言道："这种土炮，打近不打远，在战场上，尤其在近代化的战场上，是没有作用的。"

井龟陡然发怒道："你的我的，要它没有用。共产党游击队有了它，大大的有用的。"

孙务本跟着井龟的脸色，忙把舌尖一转，颂扬道："大佐高见，大佐高见。要统统把它消灭掉的，不过……"

井龟道："不过什么？你敢不听我的命令？"

孙务本忙说道："我是说，收缴民间武器，不是我们能够做到的，还得由宋日土去做。中国有句俗语：强龙不压地头蛇。宋日土干这件事，比我们合适。"

井龟道："你可告诉他的，共产党游击队，对我们是个威胁，对他们来说，同样是个致命伤的。他不积极站到我们这一边，共同消灭共产党，他就会很快地，被共产党消灭的。"

孙务本道："我倒有一计，不知可用否？"

井龟连忙坐下，道："你坐下说的，好好说的。"

孙务本无限感激地坐下，道："宋日土所以愿意同我们联合，共同对付丁根柱游击队，他是想借着我们的力量，消灭共产党，为他巩固一块地盘。我们何不来个将计就计，一箭双雕呢？"

井龟不解道："一箭双雕的，一箭双雕的……"

孙务本指指他已拟订好的那张作战方案道："我们可以根据这个方案，兵分两路，一路沿着涧河而下，配合宋日土，血洗丁家坝，消灭丁根柱的游击队，以报刘河一战之仇。另一路，沿着淮河东下，绕到孙家墩背后，乘虚而入，悄悄占领孙家墩，拿下宋日土的老巢，逼他投降。我们既借宋日土之手，消灭了共产党这支游击队，又可得到宋日土一支力量。照中国人的说法，这就叫'一箭双雕'。"

井龟高兴地摸过酒瓶，沙沙斟满两杯酒，亲自送一杯给孙务本道："你的大大的好，你有大大的天才，来！为着我们的胜利的，干杯的。"

孙务本举起杯道："为着大佐的健康，干杯！"

这两个人，一个主人，一个奴才，都沉醉在未来的美梦中了。

21

五月端午这天深夜两点钟,宋日土坐上一条四把桨的快船,领着三百名士兵,悄悄地离开孙家墩。

宋日土这次行动,非常机密,一直到队伍开出圩子,也没有对下边讲这次行动的目的地。不过,稍微有点头脑的人,根据行军的方向,都会猜得到,他们是去攻打丁家坝的。

孙家大院,这天夜里,也是通宵灯火不灭。夜半时分,孙万山亲自陪着女儿佩岚,赶到东圩门大桥口,将宋日土送上了木船,等队伍全部开出圩子以后,才回家来。孙万山一走进客厅,就兴致勃勃地说道:"佩岚,陪爸爸下盘棋!"

佩岚道:"你累了,应该去休息一下。"

孙万山道:"不,今夜不听到炮声,我是睡不好觉的。"

佩岚从条桌抽屉里拿出围棋,摆在桌上,说道:"一个人的信念,是非常重要的。你应该相信,有你女儿在身边,孙家墩的天下,永远是你的。"

孙万山摇摇头道:"唉!这一年里,我简直是度日如年,一时一刻,心里也没有平静过呵。"

佩岚举起一颗黑子,放到棋盘左角上,道:"你老是这样的心情,这盘棋一定要输。"

孙万山摸起棋子,认真地应了一着,说道:"你怎么可以断定,我一定会输。"

孙佩岚道:"因为你对胜利毫无信心,你的步伐,始终是被动的。"

孙万山心里一震,强打起精神,举起手中的棋子,说道:"好,我开始进攻了。"

孙佩岚跟着放了一子，狡猾地笑笑道："你这种进攻，没有力量。因为你前后失去联系了。"

孙万山不服地道："瞧吧，我要吃掉你这个角。"

孙佩岚投了一子，道："你再仔细地看看后方。"

孙万山站在棋盘旁，默默地计算了好久，突然惊恐地叫起来："啊！我已经陷入你的包围了。"

孙佩岚非常得意地笑笑，说道："我不是早告诉过你，这盘棋，你是要输的。"

孙万山的额角上，渐渐冒出汗珠，他自我安慰道："不行，我一定得想法冲出去……"

正在这时，"轰，轰！"远处传来了小钢炮声。

孙佩岚弯起手腕，看看金表，笑笑道："你听到外边的声音了吗？这声音，可能为你带来出乎意料的胜利。"

孙万山侧起耳朵听听，从丁家坝方向，确实传来他渴望已久的炮声。炮声之后，接着便是咯咯的机枪声，他惊喜地站起来叫道："这是我们的枪声。"

孙佩岚伸手拉开门，指指院子道："你看，在我们孙家院子里，这盏灯，永远是亮着，我们继续来下棋。天亮时，丁根柱就会被带到你的脚下。"

孙万山坐不住了。他停下棋子，对孙佩岚说道："马上告诉秋儿，多准备些酒菜，明天庆祝胜利。"

东方的红日，渐渐从地平线上升起。一个不到二十岁的渔家姑娘，身穿一套天蓝色的裙裤，头上扎条老布印花手巾，腰勒青布围裙，脚穿草鞋，挑着一担鲜鱼，迎着旭日，来到孙家墩。拐了一个弯，走上东圩门口的大石桥。

岗哨亭子里，突然有人大声吆喝道："站住。"

这个姑娘，挑着担子，在石桥顶上停下。

从枪洞里，露出一双炭球似的眼睛，凶狠狠地问道："挑的是什么？"

姑娘镇静地答道："鲜鱼。"

"揭开来看看。"

姑娘放下担子，掀起竹篾盖子，说道："这不都是鱼嘛，有甚好看的？"

一个士兵，端着枪，走出岗亭，来到桥顶，用刺刀，在竹筐里拨拨，都是活蹦乱跳的鲤鱼，又伸脚踢踢柳筐，说道："摆到桥东去。"

这个姑娘道："老总，鲜鱼赶早市，摆在那里，就要……"

士兵嚷道："上司命令，今天圩门封闭，不准闲人进街，快走开。"

姑娘又道："老总，今天过节，谁家不买二斤鱼过节啊！"

士兵瞪起眼道："少说废话。谁要吃鱼，就过桥去买。"

卖鱼姑娘，只好忍气吞声，退回到桥东，紧靠着桥口，摆下鱼筐。

卖鱼姑娘，不是别人，正是招弟。她摆好鱼筐，迎着风，站在桥口，不时地瞟着岗亭。恰在这时，一个老头儿，挑着一担水豆腐，向她走来。招弟大声说道："老大爷，今天封圩子，不准进街呵。"

这个老头儿，两腮胡子，已经花白，耳朵似乎有点聋。

走到招弟面前，侧过身子，把耳朵伸向招弟道："啊！你说的是，豆腐换鱼？嗯！不换哟，我这个豆腐，是街上两家定做的。"

招弟一见这个老头儿，说话颠颠倒倒，心里忍不住要笑出口来。她走过去，套着他的耳朵，用力喊道："碉堡上有命令，不准闲人进圩了，你听到了吧？"招弟边说边用手比画着。

老头儿终于明白了，不让人进圩子。他在招弟对面放下豆腐担子，掀起破草帽，理起衣襟，擦擦脸上的汗水，问招弟道："今天过节，也不让人欢欢乐乐，在街上买点东西？"

招弟指指远处轰隆轰隆的声音，说道："你听，大炮又响了，还过节哟。"

在招弟和老头儿说话的当儿，接连又来了五六个人。

有的卖葱，有的卖菜，也有的是卖粽子的。他们都不能进街，只好按先后次序，一个挨着一个，摆好摊子。

孙家墩已变了样子，桥东那条街，已全部被拆光了。现在变成了一个大广场。这天虽是逢集，可是正碰上过节，附近村庄的农民，都要到集上来，买点盐，买点油，不到一顿饭工夫，桥东的大广场上，已聚集了好几百人，形成了一个闹市。

两只草船来到桥下，自动靠岸，抛下铁锚。四个船夫各人拿出一个小手壶，围到一个船头上，喝茶抽烟，等待顾客。

远处的炮声息了，枪声还时紧时松，零零落落地响着。招弟看看周围，好像这些人，对枪声毫不理睬似的，特别是船上那几个人，还稳稳地在那里喝茶。她再望望岗亭，岗亭上的哨兵，已经换了人。那个尖嘴士兵不知什么时候已经走了。接岗的是个二十一二岁的小伙子。她还不知道，这个小伙子，就是余友才。

大喜子头上戴个破草帽，脸上的灰痕，一道一道，好似斑马身上的花纹一般，手里提着花生篮子，在人空里，尖起嗓子叫着："瓜子花生，洋火（火柴）香烟，贱卖啦，贱卖啦。"一路喊到桥顶上。

余友才端着枪，站在岗亭门口，他已经熟悉这个常来孙家墩的小侦察员，就向大喜招招手道："卖香烟的，过来。"

大喜走到岗亭跟前，问道："老总，你要瓜子，还是花生？来一包香烟，还带一盒火柴。"

余友才道："香烟怎么卖的？"

大喜道："今天过节，贱卖了。九星牌一角二分。大鹰牌七分。你看哪种好，就拿哪一种，随你挑！"

余友才道："来包大鹰的。"

大喜道："好！七分钱。"

余友才从口袋里，掏出一角的票子，扔到大喜篮子里，说道："再来两包瓜子。"

大喜道："三包好嘛？给你三包，我们两不找。"

余友才伸手从篮子里拿了一包香烟，三包瓜子，回转过身，走进岗亭。

大喜子刚离岗亭，船上一个船夫，突然叫起来："卖香烟的。这边来。"

"嗳！来啦！"大喜子边响亮地答着，小跑地奔下河岸，问道，"要花生，还是瓜子？喝茶吃瓜子，最好没有，来四包瓜子，一人一包多好。"

招弟仔细一看，这个船夫正是二锁子。他的嗓音，又粗又响，好似铜钟一样响亮。因为他已经化过装，旁的人是认不出来的。

船上这四个人，除了二锁子，还有乐群、李进和张忠。乐群在篮子里看看，拿了四包瓜子，两盒香烟，掏出一元一张钞票，向大喜子道："找钱。"

大喜从口袋里，掏出一把小票子，找好钱，提着篮子，上了河岸，又喊起来:"瓜子花生……"

乐群在一张一角钱的票子上,发现有一行很小的字。上面写着:"宋军四班,留守桥头碉堡。孙兵看守三门。"看完以后,向张忠道:"快,喊卖花生的回来。"

张忠忙朝岸上喊道:"卖香烟的,回来!"

大喜又转回边下岸,边喊道:"花生,今天早上现炒的,又脆又香,要几两?"

乐群道:"你找的钱,票子烂了。"

大喜子道:"没关系,哪一张不好用,给你换过。"

大喜子换了票子,扬长走开。边喊着,边朝老头儿身边走来。

卖豆腐的那个老头儿,装了一锅黄烟,背着风,连连擦了十多根火柴,也没有吸着烟,最后,气狠狠地将空火柴盒,捏扁了,扔到桥下,捧着烟袋,四处望着。

大喜子走到这个老头儿身旁,叫道:"来包黄烟?"

老头儿看看大喜,道:"不要烟,来盒洋火。"

大喜子道:"洋火一分钱。"

老头儿从身上掏出个蓝包包,一层一层,打开了十几层,才从里边取出一元钱的票子,

道："没有零钱，你找吧！"

大喜子数零票时，偷偷将那张一角的烂票子，夹在中间，往老头儿手中一塞，道："老大爷，你数数。"提着篮子，钻进人空，走开了。

老头儿，拿着小票子，一张一张认真地数着。在那张破钞票上，除了余友才原有的一行小字外，又添了一句话："孙宅人空，相机下手。"

正在这时，秋儿带着一个团丁，来到招弟鱼摊前边，指指筐里的鱼，问道："鱼多少钱一斤？"

招弟笑脸相迎道："小姐，你要买鱼，那好说，一毛三分钱一斤。便宜得很。"

秋儿瞪着眼道："昨天只卖一毛二，今天怎么又要一毛三？你们敢高抬物价！"

招弟解释道："不是鱼涨价，是米涨了。今天的米，已卖到一块四了。"

秋儿道："少一点不行吗？"

招弟伸手提起一条大鲤鱼，在半空拭拭道："你看，这鱼多好，都是活蹦乱跳的。俗说：寒草（鲫鱼，群众叫草鱼）夏鲤，夏天红烧鲤鱼，是再好不过了。"

秋儿思索一下，伸脚踢踢鱼筐，道："把这一筐称称。"

招弟一见秋儿，走下大石桥，就认出她是孙万山家的当锅的，唯恐这笔生意做冒了。因此百倍小心地称好鱼，将秤花送到秋儿眼前，给她看看道："二十七斤三两。三两就不算了，按二十七斤算账吧！"

秋儿道："送到孙家大院去，给你开钱。"

招弟道："刚才老总讲了，今天封圩子，不准人进街，这……"

秋儿不耐烦地说道："你跟着我走嘛。"

招弟不再作声了。她低下头去收拾鱼筐，准备送鱼进圩子。

秋儿转过脸，向那卖豆腐的老头儿道："豆腐也涨价了吗？"

老头儿这阵似乎耳朵好使了，忙不迭地说道："豆腐照原价，原价。"

秋儿也不管原价是多少，只是说道："把这包豆腐称称。"

老头儿称好豆腐包，说道："连包三十二斤。除去三斤包皮，净豆腐二十九斤。"

秋儿道:"知道了,挑起走吧。"

老头儿挑起豆腐担子,和招弟一前一后,随着秋儿,进了圩门,直奔孙家大院去了。

他们两人刚进圩门,突然有个青年小伙子,挑着菜筐,跑上桥顶,大声喊道:"卖鱼的能进街,我们卖菜的为什么不能进去,走,大家都进去!"

"走!我们也进去……"

这个卖青菜的人,原来是大成子。

大成子一喊一叫,把全市场的人都鼓动起来,一起拥上了大石桥,围住岗亭,逼着开圩门。

乐群领着二锁子,乘机上岸,钻进人群,挤在圩门口,等候招弟的信号。

孙万山家,本来有五十多个团丁。这一天只留下十多个,仍住在家里的炮楼上,其余的都分配到圩门口,接替宋日土的防地,看守圩门。因此;大门口只剩下一个哨兵。

秋儿把招弟领进院子,叫她把担子放下,和那个老头儿,在大门外边等着领钱。老头儿不爱说话,退出大门,靠着墙,脚跟垫着屁股,坐下,掏出旱烟袋,低下头在吸烟。招弟贴着墙,扶着门框,两眼滴溜溜地看着院子里。

不一会儿,秋儿扶着一个五十多岁的老婆子,走出堂屋门。招弟一看,便猜到这个瘦长脸上针也挑不起肉来的女人,一定是孙万山的大老婆。

老婆子手里捧着四尺来长的旱烟袋,来到院心,指指鱼筐,露出满嘴被大烟熏得漆黑的牙齿问道:"过了秤吗?"

那个团丁忙跑进厨房,拿了一杆秤,称了鱼,又称称豆腐,向老婆子回报道:"鱼二十六斤,豆腐二十七斤二两。"

老婆子道:"鱼和豆腐,一律按照老价。鱼九分,豆腐一分五。嗯,孙家墩这个集,是我的,别人不能随便涨价。"

那个团丁,举手向大门口招招,喊道:"卖鱼的,进来拿钱。"

招弟忙扶起那个老头儿道:"老大爷,喊你去拿钱了。"

老头儿站起身,把旱烟袋插进怀里,对着门前放哨的团丁瞥了一眼,戴好草帽,随招弟走进院子。

跟随秋儿的那个团丁,已为招弟和老头儿分好钱,说道:"鱼,二十六斤，每斤九分。豆腐二十七斤，一分五一斤。"

老头儿道："我那豆腐，刚才你们不是亲眼看到的，是二十九斤。不是二十六斤。"

秋儿扶着老婆子，刚走到堂屋门口，转回身道："你短了秤，没有找你算账，还不快滚！"

老头儿道："你们家还讲不讲理啊！我短秤？在桥头上不是当面称的吗？水豆腐不过街，这个道理，你们家知道不知道？"

招弟插嘴道："不是豆腐有水，是他们家秤大。"

老头儿带气地道："秤大不算，还要压价，不卖啦！"

招弟道："对！太欺侮人啦，不卖啦！"

老婆子猛然站下，盯着这两个人，冷冷地问道："大胆！你们是哪个庄上的？敢在孙家大院撒野？"

招弟道："我家不住庄上，是渔船上的，你管不着。"

老头儿接着道："不管你是什么院子，我那豆腐是二分钱一斤，你愿买则买，不愿买我就要挑走！"

老婆子把手一指道："给他掼出去，叫他滚！"

那个团丁，狗仗人势，提起豆腐包，正想往大门外边掼，老头儿上前拦住道："慢着，先付了钱再说。只要你付了钱，不说掼了，你们拿去喂猪喂狗，都随你们便！"

老婆子怒火上冲，喝令道："给我抓起来。敢抬高市价，扰乱市场，关押三个月。"

那个团丁，正准备动手，孙万山从客厅里走出来，扬扬手道："住手。"

孙佩岚听到院子里的争吵声，似乎耳熟，也就随着父亲走出客厅，一见招弟的模样，似曾相识，一时想不起来。未等父亲回话，上前一步，挡住父亲，问招弟道："你是哪个村的？"

招弟虽经过化装，但是口音还是没有变，她见孙佩岚走过来，已暗暗做好准备，侧着脸说道："船上的。"

孙佩岚进前一步，把招弟的膀子拉了一下，在招弟脸上仔细看看，冷笑道："你不是船上的。你认识我吗？"

招弟摇摇头："没有见过。"

孙佩岚猛一下，从腰中拔出手枪，对着招弟道："不许动！"

招弟非常镇静地从头上取下手巾，轻蔑地笑笑道："小姐！你那手枪，子弹还没有推上膛，不要拿来吓唬我。"

孙佩岚一怔，确实是事先没有准备，正想拉动机头，重新推上子弹，那个卖豆腐的老头儿，把身子一闪，突然飞起一脚，将孙佩岚的手枪，踢上天空，接着，把身子贴到墙上，亮出胸前的盒子枪，霹雳一声大喝道："丁根柱在此，谁敢乱动。"

孙万山这个恶霸，从小练了一点武术，当根柱起腿的时候，他把身子一缩，退进客厅，贴到门后，甩去长袍，抢过一把茶壶，"嗖"的一声，扔出门来，朝招弟头上打去。

招弟眼尖手快，把头一低，让过茶壶，跃身冲进客厅，"砰"就是一枪，眼看着孙万山应声而倒。

哪知这一枪，并没有打中孙万山。孙万山倒下去，也是一计。招弟还缺乏经验。她见孙万山已经倒下，根柱在院子里，一人力敌两个团丁，唯恐孙佩岚趁机逃走，又返回身，穿出门，一把抓住孙佩岚的后领，拖进客厅，喝道："不许动……"就在这时，孙万山从墙根翻身一滚，就地来个扫堂腿，把招弟打倒。

孙佩岚虽在"军统"，受过美国人的特种训练，毕竟是个小姐兵，这时已魂飞天外，魄散九霄，呆若木鸡，动也不敢动。

孙万山一见招弟，打倒在地，立即对女儿嚎叫一声："快走后门，上炮楼。我的枪在烟铺上。"说着，又向招弟猛扑过去，准备夺取招弟手中的盒子枪，掩护女儿逃走。

招弟虽然遭了冷腿，并不胆怯退缩，一见孙万山，向她猛扑过来，她便趁势一滚，挺身纵起，跳上大桌，对着后门，"砰"一枪，大喝道："站住！"

孙佩岚经过父亲提醒，奔到后门，正想拉闩开门，只听"喀嚓"一声，头顶上的玻璃掉了下来，吓得她双手抱起头，瘫痪到地上。

孙万山猛扑落空，顺手抢过一张木椅，扔上大桌子。

招弟眼见孙万山的木椅，向她劈面打来，把身子向左一闪，来个鹞子翻身，穿到客厅暗门后边，一脚踩到孙佩岚的背上，翻转过身，"砰"一枪，打中孙万山的右膀子。

孙万山扔过木椅，没有打中招弟，又抢过一块四方方的端砚，还没有抬起手，已被一枪打倒在地，只觉脑子一晃，栽倒在客厅中央。

根柱在院心里，打死两个团丁，一见两边炮楼，集中火力，封锁住院子，便转身穿进厨房，放起一把大火，给圩口的乐群和伙伴们打出信号。

厨房里的火一烧起，霎时整个院子，烟雾弥漫，伸手不见五指，炮楼上的民团，也就找不到目标了。

根柱又进了客厅，只见孙万山满脸鲜血，倒在地上，还以为被招弟打死。走近看看，只是伤了右膀子，伸手抹去嘴上的胡子，向招弟叫道："快把那个特务抓过来。"

招弟揪着孙佩岚的后衣领，好似玩木偶一般，轻轻拎起，喝道："站好！"

根柱道："你们这两个狗东西，想死还是想活？若要想活，立即替我下命令，通知后边炮楼上那些狗崽子，缴枪投降。"

孙万山睁开眼，冷冷地看看根柱道："你听听，外边的炮声，是在什么方向？"

根柱哈哈一笑道："嗨嗨，你的耳朵倒很尖。这时还听到外边的炮声。告诉你，这些炮声，可能有你们的大炮，可是，它也有我们的地雷在爆炸！"

孙万山道："那我们就等着瞧吧！宋日土会带来最好的消息的。"

根柱笑道："一定会有好消息。可是它不会叫你高兴。"

孙万山道："姓丁的，你应该知道这是什么地方。这里不是丁家坝，是我孙家大院。"

根柱笑道："孙家大院又怎么样？"

孙万山斜倚在地上，凶恶地说道："这个地方，好进难出。"

根柱冷笑道："你有没有想到，你现在落在我们手心里？"

孙万山狡猾地笑笑道："你现在就被困在我的囚笼里。"

根柱举起盒子枪，对着孙万山的脑袋，狠狠地说："见你的鬼，老子毙了你！"说罢，"砰"的就是一枪。

孙佩岚"哇啦"一声，扑上前去，嚎叫起来："爸爸……"

实际上根柱这一枪,并不是真要打死他,子弹从孙万山的头发梢上擦过去,把地上一块砖打得飞起来。他见孙佩岚吓得哭起来,马上把桌子一拍,喝道:"要想活,快下命令缴枪。"

孙佩岚连连求饶道:"我下命令,我下命令。"说着,便直起嗓子,向后边炮楼上喊道:"爸爸有命令,放下枪,放下枪!"

招弟把她向外一推,喊道:"站在院子里喊。就说,我们共产党的政策,缴枪不杀,宽大俘虏。"

孙佩岚的两腿,好似软了一般,双手扶着墙,走到门口,把头伸向院子,喊道:"共产党有命令,缴枪不杀,宽大俘虏!"

这句话果然有力量,炮楼的枪声稀了。这使丁根柱想起了青龙桥事件后,于乐群给他讲的一段话,党的政策有无比的威力。他立即乘机又喊道:"告诉民团,上次青龙桥,我们捉到宋日土,还把他放了回来。你们只要缴枪,保证不杀!"

孙佩岚又如实地喊道:"弟兄们,在青龙桥,捉到宋日土,共产党还给放了回来,你们放下枪,保证不杀!"

根柱又厉声说道:"就说是我丁根柱的命令,放下枪,到院子里集合。"

孙佩岚好似传声筒一般,颤抖地喊道:"弟兄们,丁根柱有命令,放下枪,到院子里集合!"

孙万山从昏迷中清醒过来,忽然听到后边的炮楼上,枪声都哑了,又听到佩岚的喊话,突然没命地嚎叫起来:"佩岚你,中了丁根柱的计了。一切都完了。"

在这枪声停歇的短暂时刻,于乐群的队伍已赶到孙家大院。大门外边一阵呜呜的哨子声,只听于乐群命令道:"枪放下,都到大场上来集合。"

根柱一听到于乐群的声音,知道外边的敌人已经全部解决了,立即命令招弟道:"把这两个狗东西押出去。"

招弟提着枪,走到孙万山头前,伸脚踢踢,指着桌上的棋盘说道:"这盘棋用不着下了吧?还是爬起来走吧!"

根柱和招弟押着孙万山父女,走出大门,看见场边站了一片俘虏,于乐群正在指挥他们转移,高兴地冲上去叫了一声:"乐群。"

乐群拉住根柱的手,轻轻地告诉他道:"刚才玉田派人来报告,敌人占领了丁家坝,我们要立即撤出孙家墩。"

根柱惊异地问道:"宋日土竟然攻进了丁家坝?"

乐群道:"攻进丁家坝的是日军,不是宋日土。宋日土的军队,偷偷摸摸爬上岸去,一进入我们的伏击圈,挨了几个地雷,吃了一阵排子枪,便知中了我们的计,没敢恋战,立即掉转船头,带着残兵,逃向荡口,现在已经退到青龙桥去了。可是没有想到,宋日土的后面就有日军。宋日土一跑,日军又攻了上来,现在正在烧房子哩!"

正说着,大喜子又气喘吁吁地跑来报告道:"报告,在我们正北方向,发现日本鬼子,正在向孙家墩前进。"

于乐群一听说正北方又发现敌人,顿时一惊,忙低声问道:"敌人有多少?"

大喜道:"现在只看到前哨骑兵,确实人数,还不知道。"

于乐群道:"离这里还有多远?"

大喜道:"大约三里。"

于乐群问根柱道:"你看怎么办?"

根柱道:"你决定吧!"

于乐群道:"把俘虏押过桥,出东南,下荡去。留着一队,随我去北圩门,阻击敌人,掩护你们。"

根柱转脸看看,那些俘虏在场上已整整齐齐站成一排,等待他训话。他便理理衣服,走过去,向李进道:"这批俘虏,全部交给你,立即押走。"说着,迈开大步,走到队前,对着俘虏喊道:"立正,向左转,齐步走!"

李进领着几个人,押着俘虏走了。

根柱把手一挥道:"二锁子和张忠,带着队伍,随我来!"

"咯咯咯……"日本鬼子的五六挺机枪,已经在孙家墩西北角张嘴了。

李进领着大队人马,押着俘虏,刚过了桥,沿着河岸,走了一里多路,迎头碰上玉田。玉田撤出丁家坝时,知道宋日土带着残兵败将,已离开青龙桥,正向孙家墩退却。现在又听说孙家墩北面发现日军,感到根柱和乐群前后受敌,处境非常危险。立即决定留下李进,俘虏由大成和招弟负责,押往戚河，乘船下荡。玉田领着队伍，前去阻击宋日土。派李进飞奔孙家墩，报告于乐群。

招弟等押解俘虏转向小道，直奔戚河。路上，招弟暗暗对大喜子说道："孙万山这条老狗，还有那个女特务，交给你了，千万要小心，替我看好。"

大喜子天真地拍拍胸口，说道："你放心，交给我好了。有我大喜子在，就是天上掉下个老雕，也抢不走。"

招弟道："不要大意失荆州，这是只老狐狸。"说话之间，前队已到了戚河渡口。

戚河群众，听说丁根柱的游击队，攻打孙家墩，暗暗为游击队准备好两只木船，放在河口，等待游击队，从这里过河。

大成子在前边，押着第一批俘虏，先过了河。

河只有六七丈宽。但是，这两条船，都是小船，一趟只能装十来个人。渐渐地，大队人马已过得差不多了。忽然天空传来嗡嗡声，大喜惊叫道："姐姐，飞机……"

招弟早已发现敌机，唯恐在队伍里引起混乱，立即向大喜摆摆手，阻止了大喜子的惊叫。她非常镇定地站在河岸边，指挥着渡船，道："每船十个人，坐稳，不要

动。对河岸的人,到树下去,一个接着一个,按次序排好,坐下……"就在这时,"轰隆,轰隆,轰隆"接连三个炸弹,在她的前后爆炸了。烟雾腾空而起。

大喜子在爆炸声中,先倒了下去,待他清醒过来,抬眼一看,孙佩岚侧着脸,倒在炸弹坑里。可是,孙万山连影子也找不到了。他猛一头跳起来大声喊道:"姐姐。"可是,招弟已受了重伤,靠在岸边,不省人事。

22

端午节战斗结束时,人们还以为,孙万山可能被日本鬼子的飞机炸成肉泥,寻不见了。其实,这条老狐狸,趁着日本鬼子轰炸戚河渡口之际,钻进芦苇棵,下了河,潜水逃回孙家墩,接着,随着孙务本,跟日本鬼子跑进城里。

于乐群率领草荡周围大小十二支游击队,经过两天一夜的战斗,粉碎了日顽"围剿"合击计划,又从日本鬼子手里夺回丁家坝,巩固了这块根据地。

根柱这支人民武装,在于乐群直接领导和广大人民的支持下,不但没有被日顽消灭,反而在实际斗争中,进一步得到扩大,他们已发展到百几十号人,长枪、短枪百余支,还有两挺轻机枪,一门小炮。这些枪炮弹药,都是鬼子和宋日土送上门来的。因此,他们便成了游击队的"运输队长"。

队伍一天天地成长,活动的范围,也随之日益扩大,运河以东,淮河两岸,这块方圆百十里的地方,每个村庄,都有他们的足印,弄得日本鬼子,也不知他们有多少人马。这个草荡,始终是他们牢固的后方。

根柱这支队伍和旁的队伍不同的是,他们经常活动在草荡里,用的是小船。全队有四十多只小船,每条船上配备三人,六把轻桨,其快如飞。上了岸,又分成十个小队,神出鬼没,到处出击敌人,不要说是中央军对他是没有办法了,就是日本鬼子,对这支游击队,也是提心吊胆,日夜不宁。

　　草荡春,浓似酒。其实到了夏秋之间,更盛过春天。一眼望去,绿油油的芦苇,红艳艳的荷花,多么醉人啊!招弟在戚河渡口,被飞机炸伤后,留在荡里休养多日,还未痊愈。她的父亲邓志才,自从日本鬼子血洗丁家坝,枪杀杨氏后,就带上二喜子,也参加了游击队。这时,他已成了根柱游击队的重要人物。他在队里,担任事务长,又兼医院院长和炊事员。做菜做饭,手艺高明。什么青炒菱角啦,莲子炖鲫鱼啦,都是他这个医院里的名菜。

　　天刚一闪亮,邓志才把医生和护士,还有些轻病号,统统叫醒,划着小船,去采菱角。

　　东方旭日,渐渐升起。

　　招弟在养伤期间,还兼任这个医院的支部书记,一切工作,都走在前边。她和一个女护士,对划两只小船,边采着菱角,边唱着:

　　　　天上有个扫帚星,
　　　　苏北有个韩德勤。
　　　　手下白养几万兵,
　　　　只会欺负老百姓。
　　　　多少鬼子不去打,
　　　　反共摩擦是专家。
　　　　偷运粮草给敌人,
　　　　准备投降也是他……

　　"喂!招弟!"后边一声呼唤,根柱和张忠,划着小船,如箭一般,直向招弟驶来。

　　招弟自从负伤,来到荡里,已有好几个月没有见到根柱了。她天真地拍起手,高兴地叫起来:"根柱哥……"

　　护士小秋阻止道:"看你,人家早就当了队长,你还叫他根柱哥。"

　　招弟忙又改口叫道:"丁队长,你回来啦?"

　　根柱的小船一眨眼工夫,已经来到。问道:"你一早就来采菱角,伤好啦？"

招弟把嘴一噘，道："嘿！得亏你关心。人家早就要归队了，就是你不同意。"

根柱笑道："噢，这里不就是我们的队伍吗，你还上哪里去归队？"

招弟道："我要到岸上去工作。"

根柱道："都到岸上去工作，这里就不要人工作吗？"

招弟道："在这里做什么？整天采菱角。"

根柱问小秋道："你们都跑来采菱角啊？"

小秋道："不采菱角，没有菜吃。"

根柱道："噢！没有菜吃，这也是个大事呵，那招弟为什么说，这不是工作呢？"

招弟道："我说不过你。反正这一回，拿绳扣也扣不住，我非跟你上岸去不可。"

根柱道："上岸去好嘛，人人都要上岸去。哎，三叔呢？"

招弟道："他一早把别人喊醒，划着船便走，谁知道他又到什么地方去了。"

小秋补充道："我听说，他是到涧河口，探探消息，准备晚上上岸去运粮食。"

张忠笑道："用不着探了。昨天夜里，草甸、凤谷村，所有三十三师，保安旅，连个鬼影子也不见了。"

招弟惊讶地叫道："他们又跑了？"

根柱点点头道："是跑了。可是，这一次，不是日本鬼子把他们吓跑的，是自动跑的。乐群回来没有？"

招弟道："于政委什么时候回来过？我们到荡里来，一直还没有见到过他。"

张忠道："通知是他下的。要各个队长，今天早晨赶到荡里来开会。"

招弟一愣："开会，我怎么没有听爸爸说起。"

张忠道："他在岸上下的通知，你在荡里怎么会知道呢？"

二锁子划着船，从芦苇丛里钻出来，带着焦灼的神情叫道："哎呀，把人都等死了，你两人还在这里！"

根柱摸起桨，向张忠道："走！乐群回来了。"

招弟一见二锁子子也回来了，心里又是一怔，肯定是有重要事情，忙划动小船，追上二锁子，问道："二锁子哥，你等等，我有话说。"

二锁子停住桨，扭回头道："船上有鱼吗？今天，一定要煮几条大鱼给大家吃。"

招弟紧划几桨，赶上去，轻轻地问道："你们都回来啦？"

二锁子道："就差玉田和大成子。其他队长都到了。"

招弟道："开的什么会？这么急啊？"

二锁子道："怎么，你还不知道啊！嗨，你们这些人，整天埋在芦苇丛里，都变成聋子啦！"

招弟道："如今，我是个伤号了，谁还和我说呢？"

二锁子捏起拳头，在招弟眼前晃晃，道："这是个军事会，要干啦！"

招弟诧异地道："日本鬼子，又要下来'扫荡'？"

二锁子道："不是下来，我们要到城里去打他们。"

招弟听说要攻城，忙把裤筒抹起来，拍拍膝盖上的伤疤，道："二锁子哥，你看看，我的伤，已经好了。"

二锁子道："你也不在我的队里，给我看有什么用？"

招弟道："你不能替我出出主意，说说好话嘛？"

二锁子想了想，道："只有一个办法，根柱哥不同意你归队，你就去找于政委。"

招弟道："于政委能答应么？"

二锁子道："嗨！不答应，你就和他磨。保险行。"

招弟思索一下，道："你还不知道根柱哥的脾气。他说你不服从命令，违反军纪，那可吃不消。"

二锁子道："嗳！你真是死脑壳子。你去找于政委一吵一闹，又哭又叫，我在旁边，再敲敲边鼓，为你说几句好话，不就成了嘛。"

招弟想想道："你等等，我把菱角送回去，跟你一起去！"

二锁子连连摆手道："不，不，他还说我……嗯！最好你一个人去，嘴说着，挥动木桨，拨开船头，钻进芦苇丛里去了。

绿油油的芦苇丛里，停着十几条小木船。

游击队员们有的跳下水，在摸鱼；有的坐在船头上，剥着嫩菱，忙着炒菜。阵阵炊烟，好似一朵朵浮云，飘出芦苇梢，升上蓝晶晶的天空。于乐群和根柱，坐在小船上，捧着地图，在谈论全国的抗日形势。

乐群指着地图，向根柱道："你看，这是延安，我们党中央和毛主席就在这里。这一大片，叫陕甘宁边区，是我们的抗日根据地。你看，这一块，是东三省，有我们的队伍。这是中原，这里是华北。我们的八路军，已到这山东这一带，建立了抗日根据地。这边是长江。新四军是在这一线。现在过了长江，跨越津浦路，东进到了如皋、南通这一片地方。目前韩德勤，为着阻击我们新四军东进，把八十九军、五十七军，还有十个保安旅，调到黄桥这一线，准备和我们新四军决战。"

根柱插嘴问道："三十三师，弄到什么地方去了？"

乐群道："三十三师，配合两个保安旅，布置在盐河线上，是为了阻止我们八路军南下。"

根柱道："我们的任务呢？"

乐群道："上级党给我们的指示是：发动群众，牵制敌人，迎接新四军东进。"

根柱道："好啊，又要打仗了。"

乐群道："当然要打。不打，我们还开这次会干什么？要打，要狠狠地打。"

根柱听说要打仗，浑身劲都来了，说道："你分配任务吧！这一仗我包啦！"

乐群道："沿着盐河这一线，日本鬼子，已调来井龟联队，布下防地，封锁得很紧。如今三十三师，又在日本人背后，布起第二道封锁线。因此，我们盐阜地区的任务是：迎接八路军，胜利通过盐河线。"

根柱道："我是说，要打，我们先打哪一个？"

乐群道："你不要急嘛。你看，这是一条运河。蓝圈圈是鬼子的据点。这个红箭头，就是我们八路军过河的地点。淮河大队的任务，在这一带打三十三师，把中央军的兵力，吸引到这一线来。我们的任务是：打日本人，把城里的鬼子全部拖住。这样一来,这里就成了一个空荡,八路军一马平川,放过淮河,直达黄海边。"

根柱道:"我们队伍,什么时候出发?你说吧!"

乐群道:"整个队伍的行动,不用你操心,全部交给玉田,由他来指挥。"

根柱一怔,问道:"我呢?"

乐群道:"你的任务,是到城里去。"

根柱道:"行!你给我多少人?"

乐群道:"给你三个人。二锁子和大喜,还有招弟。"

根柱道:"招弟的伤还没有好……"

二锁子躲在芦苇棵里,突然冒出来道:"行,她的伤已经好了。"

根柱瞪起眼道:"你怎么躲在背后偷听?"

二锁子道:"我哪是偷听的?我刚刚回来。"

乐群摆摆手道:"好,那你也就来听听吧!"

二锁子笑道:"这才像个话。我早就猜到,一定是少不了我。"

根柱道:"你听了,就不能瞎讲。"

二锁子调皮地把上下嘴唇捏起来,道:"你看看,我保证,用线把它缝起来。"

乐群也被二锁子逗得笑起来,道:"你们进了城,一切行动,由同新同志指挥。"

根柱惊讶地问道:"同新在城里?"

乐群道:"这你就不用多问了。明天上午,在华春园酒店,接受任务。"

根柱道:"行,保证完成任务。"

乐群道:"不过,你们两人,都必须记住:一个好的战士,不光是勇敢,还要有谋。在任何情况下,要沉着,要机智。要用自己的智慧,去战胜一切敌人。"

二锁子道:"你放心。出不了漏子。"

乐群笑道:"我正是不放心,才和你们说这些话的。"

根柱站起身道:"好!捉个活鬼子,回来再见。"

乐群道:"不!我们在城里见。"

根柱把手一挥,向二锁子道:"去!通知招弟和大喜,准备上岸。"

二锁子挥开木桨,"哗啦哗啦",钻出芦苇,飞向另一片芦荡,去找招弟了。

23

根柱、招弟、二锁等人,化装来到县城东门口,顺利地进了城门。根柱直奔华春园酒店。招弟等人折向城隍庙。

根柱由东向西,穿过一条小街,再拐个弯儿,便进入闹市。

在一般的小城市里,所谓闹市,只不过是一条比较整齐的街道。人们又称这条街为东大街。因在这个城市里,所有的布庄银楼、京广百货、钱庄当铺、茶馆酒店,都集中在这条大街上。

这条大街,最热闹的地方,还是迴龙桥两边。桥东是闹市,桥西有个宝塔。站在这个宝塔顶上,可以俯瞰全城。抬眼望去,能看到广阔的田野,南观淮河,北望盐河,因此这里是全城一景,是人们常来游玩的地方。特别是从乡村来的青年男女,能有机会,进一趟城,爬一次宝塔,就是一生难忘的事。

自从日本人占领了这座古城,便在迴龙桥以西,筑起个乌龟形的大土圩,连宝塔也被圈进去,迴龙桥两边,也就无人敢来了。

这座古塔,在外边看,很高很大,走进去,地方却是很小很小,尤其是爬到十二层以上,最多只能容下三五个人站脚的地方。因此,东洋鬼子在这座宝塔上,并没有驻兵,而是在宝塔背后,又盖了个大碉堡。

迴龙桥南北两旁,都是湖水。早先,满湖净是荷花莲子。自从来了日本鬼子以后,荷花日渐衰败,长起满湖蒲草和野芦柴,盖住水面。

华春园酒店紧靠在迴龙桥东边,离桥只有四五十米远,大门前是东西街道,直达迴龙桥。后院有一半建筑在湖上,墙脚下的湖水,有一人多深。王

同新就在这个酒店里当茶房。

酒店的老板，由于生意萧条，又经不起日本鬼子的敲诈勒索，逃跑在外边，不敢回来。店里只留下王同新和一个掌厨的大师傅老汪，维持门面。因此，王同新在这个酒店里，既是茶房，又是掌柜。

根柱浑身上下商人装束，大摇大摆，来到酒店门口，抬眼看到王同新，肩上搭块白布手巾，腰勒围裙，和汪师傅，大眼瞪小眼，痴呆呆地坐在门旁，等待客人。他略一沉愣，正想开口问话，王同新抢先站起，笑容满面，迎上道："先生，吃酒喝茶，请到里边坐。"

根柱道："有房间吗？"

王同新把手向里边指指，道："有，请。"

这个酒店，前边四间门面，是个敞厅。东头是锅灶，西头半截，摆有六七张方桌。西头拐角上，有个小门，通向另三间房子，是个厢房，半截住人，另外半截摆一张桌子，几条长凳，作为这个酒店里的雅座，比外边敞厅稍微阔气些。

根柱跟着王同新，走进这间小房子，心里一喜，又想开口说话，王同新抓下肩上的手巾，在桌上抹抹，道："先生，就你一个人吗？"根柱这才意识到，两次要和王同新讲话，都有点鲁莽，便大大方方地坐下，掏出烟卷说道："还有人在后边。"

"要等吗？"

"先来壶茶。"

王同新故意扬开嗓子，叫道："嗳，好哩！茶一壶——"边叫着边走出门。在王同新叫茶的同时，老汪师博，亦在门口，迎进来第二个客人。

这个客人，是个驼子，农民装束。手提竹篮，进了门，直冲冲地向里边走，正好与王同新撞个满怀，王同新忙指向一张方桌，道："请这边坐。又亮堂，又凉快。"

这个家伙，不理王同新，偏偏要拣最里边的一张桌子，因这个座位，正好面对着那个雅座房间。

王同新跟后走过去，擦擦桌子，放下一双竹筷，问道："想吃点什么，先生？"

这个驼子，打量下王同新，道："有什么好吃的？"

王同新道："有米饭，面条，花卷，肉包子……"

驼子道："来碗阳春面。"

王同新道："好哩！阳春面一碗，快！"

根柱在房里催促道："茶！"

王同新忙走近老汪师傅，接过茶壶，抓起一个茶杯，用眼梢瞄瞄那个驼子，边走边应着："嗳！茶来了。"凶凶地走进房间，将背对着门，堵住外边驼子的视线，向根柱使个眼色，告诉根柱，门外有狗，又放大声音问道："先生，还用点什么吗？"

根柱会意地点点头，把长衫一掀，左腿平放到凳子上，转脸朝外，说道："四两酒，炒盘肉丝，一盘肝尖，要快！"

"嗳！一盘炒肝尖，一盘炒肉丝，高沟大曲四两，快！"未出房间，就把菜名都报出去了。

那个驼子"哼哼"地叫了一声："嗯！这边算账。"

王同新转过身，走到驼子身旁，很客气地问道："先生，吃好了吗？不再来壶茶？"

驼子懒洋洋地哼一声："嗯，不用啦！"

王同新算好账，很客气地将这个驼子送出门，道："先生，你走好。"

这个家伙，驼着个背，头也不回，直奔大街去了。

王同新瞟着驼子的背影，见他已远去，急转过身，向掌厨的大师傅做个手势，提过酒壶，回到根柱房里，向根柱道："还有人呢？"

根柱道："他们都化装成香客，全部在城隍庙里，等待命令，听候你的调动。"

王同新伸手拉开后墙窗帘，道："你看，宝塔顶上，有一挺重机枪，居高临下，四门都在它的火力控制之内。南可封锁淮河，北能射击盐河渡口。"

根柱道："宝塔上，日本鬼子驻有多少人？"

王同新道："这挺机枪，敌人是以防万一，塔上并没有驻人。后边那个碉堡，有一个暗门，通到塔里。平时，也无人看守。只有两条警犬在塔下守门。"

根柱道："我们的任务呢？"

王同新道:"招弟和二锁,留在城隍庙,配合我们做内应。你和大喜,突进宝塔,堵死敌人的暗道,控制塔顶上那挺机枪,掩护我们部队,从南门进来,抢占迴龙桥。"

根柱道:"我们从哪里突进去?"

王同新指指宝塔侧边的房子,道:"那是敌人的伙夫房。房子后边,有个涵洞,通向湖里……"

外边掌厨的大师傅,突然用铁勺子敲着锅,叫道:"菜!"

王同新转身向外边看看,又加了一句:"占住塔顶,放火为号……"

那个驼子,又转回来,进门问道:"我有个篮子,丢在你们这里了。"

王同新一愣,知道他是有意来找麻烦的,忙赔笑道:"先生,你看放在哪里,自己找好了。"接着又到锅上去端菜。

这个驼子,站在屋心,四面看看,自言自语道:"嗯!我记得是放在这里……"

王同新端着菜盘,在驼子背后,猛叫了一声:"喂,小心油!"

驼子惊慌地退到门口,冷眼看看王同新的背影,在门旁一个凳子上坐下。

王同新瞟瞟这个驼子,轻轻地向根柱道:"赶快离开这里,有人盯上你了。"

根柱早也注意到这个驼子,好像在什么地方见过面似的,就是一时想不起来,忙道:"城隍庙的人……"

王同新道:"那里的人,交给我……"

掌厨的大师傅,又用锅铲,敲敲锅边,叫道:"菜!"

王同新退出房间,只见掌厨的向门外噘嘴,知道不妙,赶到门口,伸头向西一看,驼子已迎到迴龙桥口,几十个日本鬼子,持着枪,已经奔上迴龙桥。王同新急转过身,攀倒一张大桌,侧转来,迎门堵上。他忙退到根柱房里,说道:

"快走,敌人来了。"

根柱站起身,侧耳听听,日本人的警犬"汪汪汪"地狂叫声,已接近大门了。他若无其事地道:"拿酒来。"

王同新道:"好家伙,敌人已围上门了,你还要酒?"

根柱道:"拿酒来!"

王同新拿起一个蓝花碗,伸进酒坛,舀起一碗酒道:"什么时候了,还喝酒?"

根柱接过碗,咕噜咕噜,喝光了,又向王同新道:"再拿酒来。"

王同新一听,敌人的警犬,已堵上大门,搬过酒坛,往桌上一放,道:"大门已被敌人封住啦!"

根柱毫不动声色,把手一挥,示意王同新出去,准备乘机逃走,他拿起碗,自己到酒坛里去舀酒……

那个驼子,突然在大门外叫起来:"丁根柱,出来,出来!"

根柱在后房里,连连喝下三大碗白酒,一个转身,挥去长衫,现出腰间四个手榴弹、两把盒子枪,霹雳一声怒吼,道:"呸!小心你的狗命,老子出去啦!"

狗汉奸驼子,领着几十个日本鬼子,簇拥到大门口,好似一群恶犬,汪汪嚎叫,要王同新拖开迎门的大桌子,忽听根柱一声怒吼,震得檐前瓦片乱响。一个个吓得落魂失魄,慌忙散开,奔向大门两旁,纷纷伏倒地上。

根柱大声怒吼之后,如同一支袖箭,穿进敞厅,贴到大门旁,"轰嗵,轰嗵"连连扔出四个手榴弹,返回身,跳过大桌,进入小房间,冲上一掌,推去木窗棂,两肩一逼,像只银燕飞出窗子,跃身跨上墙头,回过头来,"砰砰"两枪,大声叫道:"小日本鬼子听了,老子今天暂且饶你们的狗命,下次来取。"接着"扑通"一声,跳到湖里去了。

日本鬼子听到屋里吼声,以为根柱定是要冲出大门,一个个,端着枪,对着大门,埋着头,等待发射。在挨了四颗炸弹以后,死的死,伤的伤,倒下一大片。接着又听到后院枪响,才发觉根柱子已跳出窗子,下湖走了。他们一声狂叫,慌忙爬起,奔向两边巷口,拥上湖边。

王同新拿着一把切菜刀,贴在灶后,听到根柱的叫声,已知根柱为着解救他,不惜自己的生命,用了调虎离山计,把敌人吸引到湖边去了。这"砰砰"两枪,就是通知他们,赶快离开这个酒店。王同新忙向汪师傅道:"走!跟着我。"

汪师傅手里拿着一把劈柴的斧头,乘着敌人慌乱的机会,冲出大门,跟着王同新,钻进门东一家布店,翻过墙头又到了一家杂货店,连连翻了几道墙头，不见了。

迴龙桥本是日本鬼子的指挥部，机枪一响，四个城门的鬼子兵，都出动了，从四面八方，拥到湖边，紧紧包围了这个湖。机枪步枪，对着湖面，乱扫一通。

这个湖，名称叫湖，实际是个水坳子，整个湖面，也不过六七亩土地大的面积。根柱是识水性的人，到了水里，他认为已是万无一失了。哪里知道宝塔顶上那挺重机枪，始终跟着他，他钻到哪里，机枪便对准哪里扫射。最后他才发觉，原来就是那两条警犬在作怪。

这两条警犬，说也奇怪，根柱钻进芦柴棵，它在芦柴棵里叫；根柱游进蒲草棵，它又在蒲草棵里叫，敌人就根据警犬的叫声，确定射击的方向。

根柱决定不走了。他埋伏在蒲草棵里，准备等候这两条警犬游过来，揍死这两个畜生。可是，他等了半天，这两个畜生，不过来，屁股坐住在那里，仰着头汪汪乱叫。他动了好半天脑筋，才想出一个办法。他用蒲草，扎起个草人来，很巧妙地将身上的衣服，套到这个蒲草人的身上，把头一缩，潜到水底下去。

警犬受到蒙骗，对着草人，仍是不紧不慢，一声一声狂吠。机枪也朝这里射来。

根柱潜水绕到警犬背后，突然冒出水面，"砰砰"两枪，打死这两条警犬。从此，敌人的机枪，就失去目标，只好在湖面上乱扫一通。射来射去，根本找不到根柱的影子了。

太阳渐渐落山了，敌人的机枪，还没有停息，一直对着湖里扫射。根柱一想，埋在水里，等着挨打，这不是长久之计，必须想个办法，离开这里，和乐群取得联系，再做新的计划。

他在水里，眼睛可以看到，耳朵也可以听到，因此，他对湖边敌人活动的情况，完全可以掌握。

这个湖，东面，南面，西面，都有日本鬼子，埋伏在草棵里，封锁住每一个小沟小港，唯独北面，没有埋伏。因为北面是道城墙，有三丈六尺高，在城墙上，早已布好哨兵，这里是没法逃跑的。

他游到城墙脚下，借着他潜水的本领，沿着城墙，挨排一摸，发现城墙肚里,有个涵洞,直通护城河,他不由惊喜起来。

这个涵洞,是个拱形,有二尺宽,三尺高,全部埋在水底下。洞口上,为着防湖鱼外游,蒙上一层铁丝网。

他借着水草,遮住城墙顶上敌人的耳目,把洞口上的铁丝网全部扯光,想钻进涵洞,逃出城去。转念一想,这一天晚上,非同于往日,是迎接八路军南下,要在苏北地区,打开一个新的局面,是关系到整个苏北人民的一件大事,怎能轻易地跑回去,向党汇报,这次任务失败了,一切计划都被敌人打乱了?不能,无论如何不能!他缩回头,倚着城墙,躺下身来。

他这时也确实需要休息一下,好好想想,找出他这次失败的原因。

他双手垫在头下,贴着墙,躺在水里,静静在想,想啊想啊,想来想去,找不出原因。他进城时,是上级党,事先为他办好身份证,大摇大摆,闯进城的。唯一可疑的,还是华春园酒店里,那个驼子。

这个驼子,面孔有点熟,好像在什么地方见过,确实是见过,就是想不起来。因为,这个驼子,他已改变了体形,掩盖住他原来的面目。

驼子姓黎,名小托。是孙万山的保镖。一年之前,丁根柱在沟口,碰上三个土顽抓夫,其中就有黎小托。一个斜眼猴,当场丧命。矮木头逃跑。高腿长脖子的黎小托,挨了一扁担,打断腰椎骨,滚下水沟。他欺负根柱摸不清他的底细,改名换姓,装猫变狗,隐瞒了他是孙万山的打手,冒充土顽。根柱是个纯朴的人,哪里会想到这么许多呢?一见这个狗东西,磕头打滚,苦苦哀求,心里发软,放了他一条狗命。黎小托得了大赦,不但不知悔改,反而变本加厉,继续作恶。宋日土悬赏捉拿根柱,是根据他的报告。前不久,攻打孙家墩时,根柱一进孙家院,暗暗就在留意,准备揍死这个杂种,哪知在一天之前,孙万山派他护送孙务本进城去了。孙万山投降日本鬼子,他亦随之进了城,做上汉奸,专门掩藏在城门口,做暗哨工作。

根柱进城时,也是一时疏忽,他只知道,他是一个渔民,从未进过县城,不会有人认识他,凭着乐群给他的一张身份证,便大摇大摆,晃进城里来。哪知他一走进城门,就被黎小托认出来了。一直跟着根柱,盯到华春园酒店。

根柱躺在城墙脚下,静静地想了好久好久,终于想起来,这个驼子,原是孙万山的小爪子,曾在孙家墩大桥上,见过这个杂种,也就是他一年前在西沟口放走的那个家伙,不禁自己又在埋怨自己,为什么当时没有补上一扁担,结果这个杂种的狗命呢?就在这时,敌人已经悄悄地把他包围起来了。

咯咯咯,一阵机枪声,突然从他头顶上响起来。城墙上飞起来的碎砖片,好似冰雹一般,撒落在他的前后左右,打得水花沙沙作响。

从芦苇丛里钻出一条小木船,紧接着又是一条,三条,五条,接连出来二十五条。每条船上,配备着五个日本鬼子,领头的一个,拿着鱼叉,站在船头上。中舱两个,端着枪,枪口上插着明晃晃的刺刀。船后尾上立着两个日本鬼子,一人手里拿着一根竹篙,一边撑着船,一边运用竹篙,扑打着水面,吆喝着。二十多条小船,一字排开,圈起个大包围圈,狼嗥鬼叫,逐步紧缩,向根柱围上来。

根柱贴在城墙脚下,头上顶着水草,眼看着敌人,渐渐围上来,怎么办?他从涵洞里逃走,不能,既然原定计划,已被敌人打乱,他必须当机立断,另生二计,战胜敌人。总之,不攻破碉堡,他是决不能回去的。这时,他唯一的办法,是冒着生命的危险,把敌人引出去。他主意已定,把身子一缩,埋下水肚,突破敌人的包围圈,钻进芦苇丛里,又突然冒出水面,举起盒子枪,对准敌人,"叭叭叭",打了一梭子,又潜到水肚里去。

敌人的船队,刚刚前进到城墙脚下,突然从背后,飞来一阵子弹,打倒七八个人,就一声嚎叫,掉转船头,向芦苇丛里猛扑上去。

霎时间,机枪,步枪,还有手榴弹,如同倾盆大雨,直往芦苇丛里刮来。

根柱打倒几个敌人,一个返转身,好似鲤鱼穿梭,回到城墙脚下,蹦出水面,飞上城墙顶,伏到墙垛上,对着湖里敌人,又打了两梭子弹,大叫一声,来个鹞子大翻身,飞出城去。

湖里的敌人,听到城头上枪响,再掉转过身来,根柱已跳下城墙了,一个个弃船登岸,拥上城墙顶。敌人胡乱放了一阵子枪,根本就没有看见根柱的影子。

小小的日本鬼子,眼看着根柱越墙而走,个个急得鼻孔直冒青烟,赶快报告井龟,立即命令,四城门骑兵,一起出动,赶往北门,追捕根柱。

太阳已经落山了,只见那阵阵黄沙,冲上了天空。

24

　　孙万山进城后已成为井龟的随军顾问。这种顾问，并不属于军事编制，只是挂个空名而已。井龟主要是利用孙万山做桥梁，与韩德勤勾结起来，日顽一致，联合对付共产党，阻止新四军东进。

　　韩德勤是靠顾祝同做后台，做了江苏省的主席。孙万山的两个儿子，都在顾祝同的左右。因此，孙韩两家，都是属于顾祝同的嫡系。

　　在十天之前，井龟接受新的防务，调驻此城，封锁盐河一线，阻止八路军南下。他立即派出孙万山，赶到东台，面见韩德勤，商讨日顽如何取得统一行动，密切配合的问题。

　　这一天上午，正是孙万山从东台回来，面见井龟，刚刚开始汇报他这次去东台的结果，谁知丁根柱突然闯进城来，汇报会只好停止，全城日伪军立即投入战斗，捉拿丁根柱。

　　井龟亲自指挥四百多名日军，围着一个小小的水坳，从中午搜捕到黄昏，不仅没有捉住丁根柱，相反地，丁根柱打伤了十多个人后越墙而走。这下，可把井龟气疯了。他在指挥部里，抱着电话机，暴跳如雷，大骂手下的喽啰们无能，都是饭桶。

　　孙务本是熟知井龟的脾性的。这个刽子手，杀人成性，一发脾气，定要杀人。他忙向父亲，使个眼色，偷偷溜出门去。

　　孙万山这只老狐狸，对儿子这种暗示，并不以为然。在他看来，一个军事指挥官，在紧急情况下，不能冷静地思考问题，只能证明他无能，并没有什么可怕的。因此，他的神态，一切如常，平静地坐在那里，等待井龟，如何了结这一天的战斗。

井龟打完电话，扭转身，四下一看，他的上下左右，大小人等，一个个都溜了，只剩下个孙万山，更是火上浇油。他那一双火红的眼睛里，霎时射出两道凶残的白光，"哗啦"一声，将腰中的指挥刀，抽出一半，怒睁双目，走向孙万山，从牙缝里喷出一种厮杀前的喘息声："你的，无用的，狗奴才的，统统的无用的，死了死了的……"

　　孙万山丝毫不动声色，笑笑道："你现在所考虑的，应是你的八十里的防线问题。如皖东北这股共军，突破运河，挺进盐阜，直取东台、黄桥一线，也就无法阻止共军东进，到那个时候，我们就什么都完了，苏北这块土地，必然落入共军之手，那时再兴兵剿除，也就晚矣。"

　　井龟一怔，紧瞪双眼道："嗯！你的，不怕死的？"

　　孙万山摇摇头道："作为一个效忠天皇的人，决不能从个人安危着想，个人一切统统是无价值的。"

　　井龟将手中的指挥刀，插进刀鞘，猛扑过来，抱住孙万山："你的，大大的好的，你一定能为我捉到丁根柱的。"

　　孙万山道："大佐，丁根柱在这个时候，闯进城里来，对你来说，是一件好事，你应该为之高兴才是。"

　　井龟不解地问道："是好事的，高兴的？"

　　孙万山点点头道："丁根柱闯进城里来，是为我们带来战斗的信号，难道还不是好事么？"

　　井龟道："信号的，信号的？"

　　孙万山道："丁根柱的游击队，向来是以草荡为家的。与此地相距很远，今天突然闯进城里来，说明他的队伍，已临城下，定有攻城之意。"

　　井龟道："他要来攻城的？"

　　孙万山道："日军的阵线，沿着盐河两岸，一字排开，按照我们中国的说法，这种阵势，叫作一字长蛇阵。如共军集中力量，攻其背，使头尾不能相顾，全线必然崩溃。共军便可顺利渡过盐河，跨过淮河，那就难以阻挡了。"

　　井龟哈哈大笑道："你的心是大大的好的，你还不了解，我军的力量，在这个城里，是大大的强大的。丁根柱的，小小的游击队，他没有这个胆量的，来攻我的城的。"

孙万山笑笑道:"出其不意,攻其不备,以少胜多,以智取胜,这是共军一贯的战术。望大佐千万不能轻视这支小小的游击队,必须慎重对待,迅速有所准备才是。"

井龟沉思好久,说道:"你的意思我明白的,是很好的,很好的。"

孙万山见话已说到,并起到一定的效果,便站起身道:

"大佐,我应告退了。"

井龟非常客气地握一握孙万山的手道:"好的,好的,明天再见的。"

孙万山一走,井龟便连夜召开紧急军事会议,研究对策,重新调整部署。

王同新逃出华春园,打发汪师傅,到城隍庙去和二锁取得联系,并将根柱遇险之事,立即报告乐群,他仍留在迴龙桥,观察动向,掌握敌情。

他埋伏在一家酱园店里,等到天黑,从地下组织的报告中,已知根柱跳出城墙,是死是活,还不得而知。同时也知道了,井龟正在召开军事会议,研究重新调整部署,以防游击队攻城。在这紧急情况下,怎么办?是放弃上级党原来的部署,将城隍庙的人撤出城去;还是按照原定计划,积极准备战斗?正在拿不定主张的时候,汪师傅回来了,说乐群已派玉田和张忠进城来,有新的指示,要他立即去城隍庙。

城隍庙在南门与东门之间,紧靠城墙根,是比较偏僻的地方。庙里住的人,非常杂乱。有逃荒讨饭的,有走江湖的,也有做小生意的。招弟和二锁,化装成香客,不过是为着遮掩别人的耳目,其实,庙里的当家师,早已被王同新做好工作,把他们安置在一个独头院子里,谁也进不来的地方。

天已晚了,房间里点起灯,玉田和招弟四人,围着一张方桌,坐在灯下,谈他们进城以后的情况。

招弟道:"早上进城时,根柱哥走在前面,在城门口,非常顺利,半点也没有麻烦,就进来了。"

玉田道:"这些情况,同新已汇报了,我是想问问你,大喜子是怎样失踪的?"

招弟道:"我们到了庙里,见根柱哥,并没有到庙里来,以为根柱哥摸岔了路,便叫大喜,提着花生篮子,到街上去转转,哪知他一去就再也不回来了。"

张忠道:"你们也太冒失了。大喜对城里也不熟悉,怎么能叫他出去,到处乱跑呢?"

招弟道:"我觉得他人小,走出去不显眼。再说,他以前到孙家墩去过多少次,一次也没出过事,谁知这一次就……"

张忠道:"这是城里,不比孙家墩。"

玉田扬扬手道:"这些话就不用谈了,我们还是研究研究,大喜子是不是有可能被敌人抓去了。"

二锁道:"上午出去,到现在还没有回来,还能有二话,八成是被捉了。"

玉田道:"你们为什么不和同新谈谈,要他找人了解一下,把情况搞清楚,如真的被捉了,应越快想办法去搭救他才是。"

招弟道:"我们原以为,街上戒严,他一时回不来,都没有往坏处想过。"

"咚,咚,咚",院门连连响了三下。

二锁警惕地站起身,道:"有人敲门。"

玉田道:"可能是同新来了,你去看看。"

二锁走到门后,侧着身子,将耳朵贴到门上听听,问道:"你是哪一个?"

王同新在外边答道："是我，我是王同新。"

二锁慌忙拔去门闩，拉开院门，扑上去，将王同新抱进门来，道："真是同新，啊！这一年多，你可把人想死了。"

王同新问道："玉田呢？"

二锁道："都在房里等你。"

王同新大三步，小两步，奔到房里，一手抓住玉田，一手拉着招弟，说道："你们知道不知道，根柱已经脱险了？"

招弟道："只是听说，他从城墙头上跳出去了，哪知是死是活呢！"

王同新道："我已叫人去打听过了，前几天，下了一场大雨，护城河里的水，已是满满一河水。只要有水，你想想，他还不是笃定走了。"

玉田道："人还没有回去，乐群很关心，万一受了伤，到水里也吃不消。他要我们很快打听根柱的下落。"

王同新道："我是很乐观的。没有问题，你们放心好了。"

张忠插嘴道："你还不知道，大喜子已出事了。"

王同新诧异道："大喜子，他是怎么出事的？"

招弟道："今天上午。是我叫他出去找根柱哥的。"

王同新沉思一下，说道："只要是在城里出事的，很快会有人传出信来，没有问题。还是先谈谈乐群同志的指示吧！"

玉田道："乐群看到你的汇报，感到情况变化，非常突然。"

王同新道："谁也没有想到，会出了这么大的纰漏。"

玉田道："乐群的意见，根柱遇险，出乎意外，给我们的工作，带来很多困难，不管如何困难，我们必须坚决地、勇敢地执行原来的计划。"

王同新道："井龟已连夜召开紧急会议，讨论重新调整部署。"

玉田道："乐群也估计到，敌人一定要采取新的措施。我们的行动，必须抢在敌人前边，在敌人的兵力还没有来得及重新部署，我们就拔掉这根钉子。"

王同新道："城里传闻，说黄桥战斗，已经打响了，这话确实吗？"

玉田道："正因为黄桥战斗已经开始，我们迎接八路军的任务，更是迫在眉睫，原来计划是无论如何不能改变的。"

王同新道:"在今天晚上,城里的敌人,在防御方面,已采取了新的措施。这个情况,乐群知道吗?"

玉田道:"乐群对城里的情况,做了全面的分析,敌人在防御方面,要采取新的措施,这是可以预料得到的。不过我们要多从有利方面去想。根柱血战华春园,大闹迴龙湖,打死打伤敌人一二十个,这在敌人军心方面,必然要引起非常大的震动。"

王同新道:"不是震动,敌人已慌乱得不成话了。"

玉田道:"这就是对我们有利的一面。"

二锁子插嘴道:"宝塔下,两条警犬,已被打死了,对于上宝塔,夺取那挺重机枪阵地,也造成有利的条件。"

玉田道:"警犬被打死了,他还有人,这个倒很难说有利无利。我们还要多从困难方面想想。"

王同新道:"乐群具体的指示呢?"

玉田道:"城外攻城地点,更换在城隍庙对门。城内的行动,他的意见,是用火攻。"

王同新一怔:"火攻?"

玉田道:"你刚才不是说,敌人非常慌乱吗?你想想,要是突然间敌人所有的仓库、营房,一起燃烧起来,敌人会怎么样呢!这也正是今天上午华春园的事件,给我们创造了有利条件。"

王同新道:"原来的计划,首先是占领宝塔,夺取重机枪阵地,是不是也变了?"

玉田道:"这一点没有变。二锁和招弟,带着火具,潜到湖里,从涵洞进去,火烧井龟,夺取宝塔,占领机枪阵地。我和张忠,埋伏在迴龙桥下,作为掩护。城里原有的人,分为两组,一组分头在四门内放火,一组迎接乐群。"

王同新沉思了一下,说道:"事先一点也没有准备,放火还得要枪药和火油呵。"

玉田道:"所以任务才非常紧急,我们必须立即开始行动。"

王同新站起身,思索一下,说道:"好吧,我走了。"半明半暗的月亮,从平地升起,渐渐偏西了。按照钟表来计算,这时已经是深夜一点钟了。

二锁和招弟，各人背着一根长长的竹筒，一支盒子枪，四个手榴弹，潜入湖里，朝井龟的司令部游来。

井龟的指挥部里，从天一晚，电灯就亮了，一直到深夜，灯火还没有熄灭。很显然，军事会议仍没有结束。

招弟游在二锁前边，沿着敌人的圩壕，一步一步向前探索，防止触上水雷。

他们已游到敌人的厨房背后了。招弟停下来，看看方向，轻轻对二锁道："差不多到了。"

二锁向四面一看，说道："你管着上面，让我下去摸摸看。"

招弟刚想说话，抬眼看到芦苇棵里，好像游出来一条大鱼似的，只见那水肚里，有个黑黑的影子，往上一冒，泛起盆口大的水花，一个浪花接着一个浪花，向他们逼近。她伸手把二锁子一拉，贴到圩墙上，背着月光，机警地拔出盒子枪，凝神注视着水面。

二锁子睁圆眼睛，注意看看，低声说道："一定是根柱哥来了。"

招弟怀疑地道："他跳出城去，又怎么能进来的？"

二锁子子捏起鼻子，嘴唇贴着水面，轻轻地叫一声："根柱哥。"

根柱从小在水荡里，就练出他独特的本领，只要有个水花，在他眼前一闪，他便知道水底下藏的是个鲫鱼还是鲤鱼。二锁子和招弟，水性不管怎样好，游得如何轻，还能瞒得了他？他在芦苇丛里，早从那浪花的波纹中，认出二锁子和招弟，因此，他听到二锁子的叫声，只竖起手，向二锁子摆摆，把头埋到水底，双手往前一探，好似一支飞箭，穿到招弟面前，说道："小声一点，轻些……"

招弟这时，高兴得也不知说什么是好，伸手一把，抓住根柱的膀子："你可把人都焦死了。"

根柱道："有什么好焦的。这么个小小的水塘，还能把我怎么样？"

招弟道："有人说你从城墙头上跳下去，把腿跌断了；又有人说，你被敌人活捉了。"

根柱道："你能相信，我会活着落到敌人手里吗？"

二锁子道："我才不信呢，想也没有想过。"

招弟道:"你快告诉我,你怎么又进来的……"

根柱摆摆手道:"那些以后再说,你们把东西都带来了吗?"

二锁了掉过背,说道:"你看看,这不是嘛?万事俱备,只欠东风。"

根柱看看二锁子背上的竹筒,又扭头看看月亮的位置,说道:"时候已到了。听我的命令。招弟跟着我进宝塔,二锁子埋伏在厨房里,看到宝塔顶上的火光,招弟把竹筒塞进敌人的暗道,二锁子在厨房里点火,听我的枪响,你两个人,守住宝塔底下的大门,狠狠打,一个敌人也不让逃跑了。走!"说着,把身子往下挫挫,钻进水底。

招弟本来还想把大喜子的事情告诉根柱,这时已来不及了,只有跟着根柱,潜到水肚里去。

昏暗的月光,已被乌云全部吃下肚去。黎明前的暗影,笼罩着全城。

井龟的司令部里,会议还没有结束。

两个日本士兵,端着上好刺刀的步枪,在宝塔下,走来晃去。

根柱领着二锁和招弟,从水下隧道,钻进土圩,爬进敌人的厨房。

三间厨房,是空的,没有住人,他们很顺利地进去了。

但是,厨房距离宝塔,约有百十米远,又是个广场,很难接近鬼子的哨兵。

根柱手扶着门框,探出头,观察了好久,还没有拿出主意。

鸡笼里的雄鸡,突然报晓了,也就在这时,根柱脑子里一闪,主意来了。他轻轻对二锁子和招弟道:"你两个人,从屋后爬过去,绕到宝塔背后,抢占宝塔,这两个鬼子,由我来对付。"

招弟道:"你一个人,留在厨房里?"

二锁子也道:"太冒险了,干脆,一枪一个,先送这两个汉奸去见天皇。"

根柱道:"不行,当我们没有占领宝塔,封锁住敌人的暗道以前,枪无论如何不能打响。"

二锁子道:"雄鸡已经叫了,你还没有听见?不能再磨咕了。"

根柱道:"正因为时间来不及了,不得不改变原来的计划。当我把鬼子哨兵引过来的时候,你立即抢占宝塔,封锁住敌人的暗道。宝塔如不能夺取过来,对整个战斗,都增加了困难。赶快去执行命令。"

二锁子和招弟，不再说话，立即退出了厨房。

根柱伏在门旁，看着二锁子和招弟，已沿着一条水沟，爬向宝塔背后去了，立即转过身，从案板上，摸起一把菜刀，走进鸡笼，捉了一只雄鸡，把气管一捏，雄鸡突然"咯咯"地叫起来。

鬼子的两个哨兵，忽听厨房里的鸡子惊叫起来，以为是黄鼠狼来顶鸡笼，相互叽里咕嘟，说了几句什么，持着枪，一前一后，向厨房走来。

根柱握着一把切菜刀，背脊紧紧贴在门后墙上。

一个日本鬼子，一手抓着枪，一手拿着电筒，走到厨房门口，捏亮手电筒，向屋里照照，见一只雄鸡，头软绵绵的，躺在地上，还在扑着翅膀，就是站不起来，这个鬼子，"咕噜"一声，迈起腿，跨进门槛。

根柱贴在门后，看得非常真切，当这个鬼子刚刚迈进门来，他突然跳出，飞起一刀，只听"咔嚓"一声，在他眼前，喷射出一腔污血。

第二个鬼子，枪是背在肩上的，忽见前边的人倒下去，把肩一磨，顺下枪，闪过身，退到门旁去。

说时迟，那时快，根柱也在这同一时刻，跳出门外，当他第二刀劈下去时，只听"当啷"一声，手中的菜刀飞上天空，他正想反过身，拔取腰中的盒子枪，敌人的刺刀对着他的胸膛直刺过来。他把腰一闪，只听"咯吱"一声，身上的湿褂子，飞去一片衣襟。他反过手，抓住敌人的枪，甩起腿，对着鬼子的下裆踢去。

这个鬼子，身材矮小，行动敏捷。当根柱的脚朝他下裆踢去的时候，他两腿一并，跳开身子，两人便扭打在一起了。

根柱身壮力大，小小的日本鬼子哪是他的对手，三花两绕，掐住鬼子的喉咙，按倒在地上。

躺在地下的日本鬼子，被根柱当头一刀，从右耳劈下来，只是砍去一只膀子，昏倒在地，这时又苏醒过来了，摸起枪，对着根柱就是一枪。

根柱掐死第二个日本鬼子，刚想站起来，腰中好像挨了一棍，知道是受伤了。但是，敌人的枪已打响，他翻身一滚，摸出盒子枪，对着厨房里，"啪啪"两枪，结束了那个鬼子。趁势纵身而起，大叫一声："占领宝塔！"

在根柱与日本鬼子搏斗的时刻，二锁和招弟，已飞步进了宝塔，在根柱命令之后,宝塔顶上,立即飞出三个红红的火光。

井龟司令部里,正在开会,讨论游击队的动向,判断是否有攻城的企图。忽听外边枪响,知道丁根柱的队伍已突进圩子,刚喊了一声,"上宝塔……"忽听"轰嗵"一声,从暗道里冲出一团黑黑的煤油烟,把屋里的电灯光吞没。满屋子的椅子,都被忙乱的人群挤倒了。只听地上"哐哐当当"的响声,震得他们心惊肉跳,乱成一团。

厨房里起火了。

二锁子站在塔顶上,已抓住了重机枪,瞄准敌人指挥部的黑漆大门。一见屋里的敌人,像一群绿头蝇子似的,纷纷逃出门来,他大吼一声道:"小日本鬼子,快快出来报到吧!老子已等你好久了。"他一面叫着,一面握着枪把,"哒哒哒……"扫射过来。

宝塔上机枪一响,首先是南门,冲上一阵火光,烧红了天。接着北门,东门,还有西门,同时火起。霎时枪声四起,火光冲天,城里城外,变成一片火海。

井龟领着三十几个日军,冲出指挥部,挨了塔上的一阵机枪,死的死,伤的伤,倒下一大片,哇哇乱叫,又退回到屋里去。

屋里的烟雾,越来越大了。井龟满脸鲜血,在烟雾中摸到了电话机,抱起电话,向四个城门呼救。这时,四门火起枪响,自顾不暇,谁还顾得上来救指挥部呢?王同新率领一个战斗小组,埋伏在城隍庙对门城墙上,一见火起,便冲上城墙,杀死守敌,封锁住两边敌人的碉堡。

于乐群领着突击队,在城外的一个芦柴塘里,已等了好久。一见接应的队伍占领了城墙,一声令下,冲锋号响,二十几副竹梯,以排山倒海之势,涌上城墙。

于乐群手持红旗,第一个爬上城墙,向王同新道:"在前边带路,飞夺迴龙桥。"

王同新道:"玉田和张忠,已经埋伏在桥下,掐住敌人的喉咙。"

于乐群道:"他们只有两个人,力量太单薄,防止敌人突围。"

再说玉田和张忠,早已埋伏在迴龙桥两旁,没有露出丝毫的形迹。

井龟头上扎起纱布,手握指挥刀,率领一个突击队,冲到桥头,只听"轰隆"一声，石桥爆炸了。紧接着，两边的手榴弹，好似冰雹一般"呼呼"飞来，敌人前边倒下去了，后边又冲了上来，渐渐地抵挡不住了。这时，于乐群领着队伍，冲上来了。

玉田和张忠早已负了伤，一见大队赶到，抖擞精神，跳上桥头，大喊一声："冲啊！"如天崩地裂一般，吓得敌人四散惊逃。

井龟领着日寇，冲到迴龙桥，遭到玉田和张忠的伏击，又见于乐群带着大队人马，已经赶到，便掉转头来，一面且战且退，一面暗暗布置部下，从背后炸开圩墙，架起橡皮桥，向西门突围。

根柱在塔上，看得清楚。一见敌人突围了，忙抓了一个手榴弹，向二锁子道："跟我来。"说完，一个鹞子大翻身，从半空中，飞下塔来，跟着敌人屁股追上去。

再说大喜子，白天到街上来找根柱，刚刚到了十字街口，敌人已包围了华春园，他想退回到城隍庙，可是街上已戒严，无法通行。他为着要及早把根柱遇险的消息报告二锁子和招弟，便溜进一家药铺，从后街绕到西门，转路到城隍庙去。哪知他刚一出巷口，迎头就碰上黎小托，神不知鬼不觉地被抓进孙万山的住宅了。

孙万山这所住宅也是强占的民房。一所大院，房子很多。原来的房主人，已被赶出去了。

大喜子被反手吊在三间的空房子里，双脚勉强能触到地上。他将背贴在墙上，手腕轻轻在砖墙上磨着，磨着，终于把手上的绳子磨断了。

屋里黑灯黑火，什么也看不到，只有那天窗上，透进一点点暗暗的月光。他借着月光，走到窗前，伸手摸摸，窗子栏杆，是铜条做的，摇也摇不动。走到门后，套着门缝，向外看看，门上挂着几寸长的大铁锁，锁得铁紧。他被锁在这三间的房子里，飞也飞不掉，爬也爬不走，可把他肚肠子都急断了。

"砰，砰"，外边的枪声响了。接着便是"哒哒哒"的机枪声。霎时，红红的火光，照亮了天窗。

他站在屋心，搔着头皮，对着天窗，沉思了好久，唯一的出路，只有这个天窗。

他纵身一跃，双手扒住梁头，两脚倒挂，翻身骑到梁头上去。

从梁头爬上屋椽,用头顶去玻璃,冒险地钻出了天窗。

他一出天窗,顺着瓦沟,爬到前街,正想跃身跳下去时,忽见一人,气喘吁吁,跑到大门口,"嘭嘭……"拍了几下大门,叫道:"小托,快把门开开。"

孙万山和黎小托,贴在门后,听到外边的枪声,越打越紧,正在没有主张的时候,忽听儿子务本在外边叫门,忙开开门,问道:"打得怎么样?"

孙务本气喘吁吁地道:"全城都烧起来,无法挽回啦!"

孙万山道:"皇军呢!"

孙务本道:"井龟已突围了。我们也得赶快逃走!"

孙万山道:"皇军把我们丢下来了?"孙务本道:"他自己的命已难保了,还能来顾你?"

孙万山慌张地说道:"小托,快把我的箱子提来。"

隆"一声，石桥爆炸了。紧接着，两边的手榴弹，好似冰雹一般"呼呼"飞来，敌人前边倒下去了，后边又冲了上来，渐渐地抵挡不住了。这时，于乐群领着队伍，冲上来了。

玉田和张忠早已负了伤，一见大队赶到，抖擞精神，跳上桥头，大喊一声："冲啊！"如天崩地裂一般，吓得敌人四散惊逃。

井龟领着日寇，冲到廻龙桥，遭到玉田和张忠的伏击，又见于乐群带着大队人马，已经赶到，便掉转头来，一面且战且退，一面暗暗布置部下，从背后炸开圩墙，架起橡皮桥，向西门突围。

根柱在塔上，看得清楚。一见敌人突围了，忙抓了一个手榴弹，向二锁子道："跟我来。"说完，一个鹞子大翻身，从半空中，飞下塔来，跟着敌人屁股追上去。

再说大喜子，白天到街上来找根柱，刚刚到了十字街口，敌人已包围了华春园，他想退回到城隍庙，可是街上已戒严，无法通行。他为着要及早把根柱遇险的消息报告二锁子和招弟，便溜进一家药铺，从后街绕到西门，转路到城隍庙去。哪知他刚一出巷口，迎头就碰上黎小托，神不知鬼不觉地被抓进孙万山的住宅了。

孙万山这所住宅也是强占的民房。一所大院，房子很多。原来的房主人，已被赶出去了。

大喜子被反手吊在三间的空房子里，双脚勉强能触到地上。他将背贴在墙上，手腕轻轻在砖墙上磨着，磨着，终于把手上的绳子磨断了。

屋里黑灯黑火，什么也看不到，只有那天窗上，透进一点点暗暗的月光。他借着月光，走到窗前，伸手摸摸，窗子栏杆，是铜条做的，摇也摇不动。走到门后，套着门缝，向外看看，门上挂着几寸长的大铁锁，锁得铁紧。他被锁在这三间的房子里，飞也飞不掉，爬也爬不走，可把他肚肠子都急断了。

"砰，砰"，外边的枪声响了。接着便是"哒哒哒"的机枪声。霎时，红红的火光，照亮了天窗。

他站在屋心，搔着头皮，对着天窗，沉思了好久，唯一的出路，只有这个天窗。

他纵身一跃，双手扒住梁头，两脚倒挂，翻身骑到梁头上去。

从梁头爬上屋椽,用头顶去玻璃,冒险地钻出了天窗。

他一出天窗,顺着瓦沟,爬到前街,正想跃身跳下去时,忽见一人,气喘吁吁,跑到大门口,"嘭嘭……"拍了几下大门,叫道:"小托,快把门开开。"

孙万山和黎小托,贴在门后,听到外边的枪声,越打越紧,正在没有主张的时候,忽听儿子务本在外边叫门,忙开开门,问道:"打得怎么样?"

孙务本气喘吁吁地道:"全城都烧起来,无法挽回啦!"

孙万山道:"皇军呢!"

孙务本道:"井龟已突围了。我们也得赶快逃走!"

孙万山道:"皇军把我们丢下来了?"孙务本道:"他自己的命已难保了,还能来顾你?"

孙万山慌张地说道:"小托,快把我的箱子提来。"

孙务本道:"还拿什么箱子,逃命要紧!"

孙万山随着儿子,刚刚从大门里探出头来,大喜子抱起十多块瓦片,猛一头砸了下来,大声吆喝道:"狗汉奸,往哪里逃,举起手来!"

孙务本走在前头,一见那黑乎乎的瓦片,纷纷向头上打来,还以为是手榴弹呢!忙把头一缩,退回身子,"哗啦"关起大门。

大喜子返回身,又向院子里,甩下十几块瓦片,换着另一种腔调喊道:"孙万山,你们已经被包围了。快快投降吧,缴枪不杀!……"

"砰,砰",屋里连连向房顶上开了两枪。

大喜子轻轻一滚,伏到屋角上,又喊道:"孙万山,你如死不悔悟,顽抗到底,老子就下命令,拦门一把火,把你们统统烧死……"大喜子的疑兵计,把敌人迷住了。

根柱领着二锁和招弟,见敌人已冲出西门,正准备叫二锁子到后边去联系,要乐群的队伍赶快跟上,忽然听到房上有人喊叫,招弟停住脚步,回头叫道:"根柱哥,是大喜子的声音!"

根柱侧起耳朵听听,听见大喜子在喊话,忙向招弟道:

"走,去捉孙万山去。"

当根柱领着招弟,砸开孙万山的大门时,迎面就看到,孙务本举着双手,正在那里发抖……

尾 声

  日本鬼子沿着盐河，布置下的一条封锁线，梦想阻止八路军南下，一听到城里呼救，立即全线崩溃，掉转枪口，急急向城里来救援。在这时刻，八路军的英雄健儿，趁着敌人混乱之际，胜利地通过盐河，横渡淮河，扫荡日顽，迎接黄桥大捷，发动群众，建立政权，开辟了苏北抗日根据地。

  从此，根柱这支队伍，得到进一步的成长和壮大，人们都夸奖他们，说他们是草荡里英勇的雄鹰。

    1965年8月末，抗日战争胜利20周年纪念前夕，脱稿于北京。

孙务本道："还拿什么箱子，逃命要紧！"

孙万山随着儿子，刚刚从大门里探出头来，大喜子抱起十多块瓦片，猛一头砸了下来，大声吆喝道："狗汉奸，往哪里逃，举起手来！"

孙务本走在前头，一见那黑乎乎的瓦片，纷纷向头上打来，还以为是手榴弹呢！忙把头一缩，退回身子，"哗啦"关起大门。

大喜子返回身，又向院子里，甩下十几块瓦片，换着另一种腔调喊道："孙万山，你们已经被包围了。快快投降吧，缴枪不杀！……"

"砰，砰"，屋里连连向房顶上开了两枪。

大喜子轻轻一滚，伏到屋角上，又喊道："孙万山，你如死不悔悟，顽抗到底，老子就下命令，拦门一把火，把你们统统烧死……"大喜子的疑兵计，把敌人迷住了。

根柱领着二锁和招弟，见敌人已冲出西门，正准备叫二锁子到后边去联系，要乐群的队伍赶快跟上，忽然听到房上有人喊叫，招弟停住脚步，回头叫道："根柱哥，是大喜子的声音！"

根柱侧起耳朵听听，听见大喜子在喊话，忙向招弟道：

"走，去捉孙万山去。"

当根柱领着招弟，砸开孙万山的大门时，迎面就看到，孙务本举着双手，正在那里发抖……

尾 声

　　日本鬼子沿着盐河，布置下的一条封锁线，梦想阻止八路军南下，一听到城里呼救，立即全线崩溃，掉转枪口，急急向城里来救援。在这时刻，八路军的英雄健儿，趁着敌人混乱之际，胜利地通过盐河，横渡淮河，扫荡日顽，迎接黄桥大捷，发动群众，建立政权，开辟了苏北抗日根据地。

　　从此，根柱这支队伍，得到进一步的成长和壮大，人们都夸奖他们，说他们是草荡里英勇的雄鹰。

　　　　1965年8月末，抗日战争胜利20周年纪念前夕，脱稿于北京。